Wilhelm Jordan

Arthur Arden - Schauspiel

Wilhelm Jordan

Arthur Arden - Schauspiel

ISBN/EAN: 9783743644090

Hergestellt in Europa, USA, Kanada, Australien, Japan

Cover: Foto ©Andreas Hilbeck / pixelio.de

Weitere Bücher finden Sie auf **www.hansebooks.com**

Arthur Arden.

Schauspiel

von

Wilhelm Jordan.

Frankfurt a. M.
W. Jordan's Selbstverlag.
1872.
Leipzig: F. Volckmar.

Herrn **Friedrich Haase**,

Director des Leipziger Stadttheaters.

—

Eine Erinnerung und ein Wunsch bewiegen
mich, diesem Schauspiel einen Gruß an Sie, ge=
ehrter Herr, voranzuschreiben.

Der erste Entwurf desselben fällt in die Zeit
Ihres Wirkens als Mitglied unseres Frankfurter
Stadttheaters. Eine Hauptgestalt, den Thomas,
hat meine Muse empfangen unter dem Einfluß
der vollendetsten Schauspielerleistung, deren ich mich
entsinne, Ihrer Darstellungen des Marinelli in

Lessing's „Emilia Galotti" und des Carlos in Goethe's „Clavigo." Auch die Austragung geschah unter steter Frage, wie Sie diesen Character lebig machen würden. Einen Theil der zwingenden Gewalt, die bei der Menschenbildnerei die freie Wahl des Künstlers völlig aufhebt, sobald auch nur ein Glied des kleinen Fingers ausgeformt ist, muß ich für diese Phantasiegeburt Ihrem Modellstehn auf der geträumten Miniaturbühne über meinem Tintenfaß zuschreiben.

Aber allerdings nur einen Theil. Denn dies Ungeheuer, das mich im unaufhaltsamen Werden oft selbst entsetzt hat, ist typisch gleichwohl nur allzuwahr und schreitet eben jetzt, wenn auch mehr oder minder bruchstückweise, in zahlreichen Exemplaren in Fleisch und Blut über die Erde. Denn die Menschen sind klug, das alte Salz der Erde dumm geworden, das neue aber, das stark genug wäre die Schärfe der Klugheit zu bewahren vor der Verwandlung in fressende Fäulniß, noch nicht gradirt und geklärt zu reinen Krystallen.

Ich glaube ziemlich genau sowohl die Trag-weite Ihrer großen Gaben, als die Schranken derselben zu kennen, durch deren vollbewußte und strenge Einhaltung Sie den besten Beweis ächter Meisterschaft liefern. So wage ich denn zu be-haupten, daß Ihnen die Rolle des Thomas mehr noch als irgend eine andere eine Aufgabe bieten würde, alle Seiten Ihres einzigartigen Talents im vollsten Umfange zu entfalten und damit den Zeitgenossen im Spiegel der Kunst ein Bild vor-zuhalten, vor dessen furchtbaren Zügen nicht Wenige heilsam erschrecken werden, weil sie in dem Höllen-ideal auch einige der eignen erkennen müssen.

Mit dem Wunsch diese Rolle von Ihnen zuerst geschaffen und als vollwüchsiges Blatt in den Kranz Ihres Ruhmes geflochten zu sehn

Ihr

aufrichtiger Verehrer

Wilhelm Jordan.

Frankfurt a. M., 10. November 1872.

Personen.

Lord Edward Arden, zum Pair erhobener Kaufherr.

Arthur, dessen Sohn.

Thomas, für Lord Arden's jüngeren Sohn geltend.

Walter, ein deutscher Maler.

Kemble, Sachwalter.

Palmer, Arzt und Vorsteher eines Irrenhauses.

Leslie, Schauspieler.

White, Friedensrichter.

Adams, Kunstgärtner.

Dirks genannt Sloughby.

Sarah Simson.

Fanny, Schauspielerin, für Sarahs Tochter geltend.

Gertrud, Tochter des Malers Walter.

Betsy, Dienstmädchen im Hause Walters.

Evy.

Zwei Polizeibeamte.

Ein Diener Lord Ardens.

Constabler, Dienstleute, Zuschauer des Zwischenspiels.

Personen des Zwischenspiels:

Ein Bildhauer — **Leslie.**

Seine Geliebte — **Fanny.**

Spielt in England, theils in London, theils auf dem Lande.

Erster Aufzug.

Erste Scene.

Zimmer in der Heilanstalt Palmers. In der Mitte des Hintergrundes ein Alkoven mit Bett. Daneben ein Tischchen mit Arzenei, Wasser, und ein großer Lehnsessel; in diesem **Sarah**, schlafend; **Palmer**, neben ihr, sie beobachtend. Links vorn eine verhangene Seitenthür; aus dieser tritt Friedensrichter **White.**

White.

Mitternacht ist vorüber. Ihre Kranke, Doctor, will heute nicht reden.

Palmer.

Ihre Finger zucken, das Fieber ist im Anzug. — Haben Sie unsere früheren stenographischen Protocolle durchgelesen, Herr Friedensrichter?

White.

Vollständig, und pflichte bei, diese verworrenen Reden müssen beruhn auf einem Kern wirklicher That=

1

ſachen. Gerichtliche Beweiskraft kann die Aussage einer Wahnsinnigen zwar niemals erlangen; entdeckte man aber eine Familie, in der ſich Aehnliches zuge= tragen, ſo könnte ſie dennoch einer Unterſuchung als Fingerzeig dienen.

Sarah (im Schlaf redend).

Nein, nein, nein! ſage ich.

Palmer.

Sie fängt an. — In's Cabinet zum Steno= graphen!

(White vorn links ab).

Sarah.

Nein, ſo verrucht bin ich nicht. Sie iſt nicht meine Tochter, auch nicht ſeine Stiefſchweſter. Aber Er iſt mein Sohn. Es iſt erlogen, die Natur hat keine Stimme. Ich bin ihm zuwider. — Kupplerin! rief er aus, und warf mir ſeine Goldſtücke verächtlich vor die Füße. Mich ſchleudert' er von ſich, daß ich mir den grauen Kopf blutig ſchlug. Und Ich, — ich habe mir mein Kind von der Bruſt geriſſen, ich bin verſchwun= den, bin umhergezogen in bunten Lappen mit Jahr= marktsgauklern und habe gedarbt, Jahre lang, damit er ein vornehmer Lord würde. — Mordbrennerin? — Nein, nein, nein! Den Schlüſſel hab' ich umgedreht —

aber konnte der schlafsüchtige Thor nicht auch zum
Fenster hinausspringen? Ich hab' es doch gethan und
hatte noch das neugeborene Mädchen im Arm. Nein,
er brauchte nicht zu verbrennen.

Palmer.

Wer, Sarah?

Sarah.

Weil er es wußte, er und ich, daß sie eine Tochter
geboren. Sie, die feine Gräfin, war ja besinnungs=
los — Edward fortgelockt nach der Stadt. Der Ver=
räther! Ich hab' ihn reich gemacht ohne daß er's wußte.

Palmer.

Wie ging das zu?

Sarah.

Eine Schiffsladung Heu in Seide verwandelt —
sein erster Commis — auch in mich verliebt. — Alle
wurden gerettet, nur der Passagier, der junge Lord,
ist mit untergegangen. — Durch den schwarzen Höllen=
qualm fielen die Sterne herunter und sengten Löcher in
das weiße Betttuch, worin ich das neugeborne Mädchen
gewickelt hatte. Zwei Lakaien mit rothen Kniehosen und
weißen Strümpfen trugen die vergoldete Wiege in's
Pächterhaus; — drin lag mein Junge wie ein Prinz
— und nun verachtet er mich! — Könnt' ich nur

das glührothe Fenster zudecken — der unschulbige Mann
bückt sich heraus mit augenlosem Schädel.

Palmer.

Wie heißt er? Edward?

Sarah.

Bewahre, der ist nicht unschuldig, dem wäre ganz
recht geschehn — und er lebt herrlich und in Freuden.
Hat mich verflucht um das Sündengeld und es doch
behalten, — Millionär geworden, zuletzt gar ein Lord.
Der Schurke! — verheirathet — und versichert immer
noch, Ich solle seine Frau werden. — Weh — das
glührothe Fenster brennt mir ein Loch in die Seele —
der unschuldige Mann streckt die verkohlten Knochen-
arme heraus — hu — nun fassen mich seine klap-
pernden Finger. — Gnade, Gnade, er würgt mich —
Barmherzigkeit! wirf mich lieber in die Hölle als in
das brennende Schloß.

Palmer.

Ja, es brennt lichterloh. Wie heißt es doch
gleich?

Sarah (zur Besinnung kommend).

Wer fragt mich schon wieder? Sie, Doctor?
Wollen Sie mich umbringen? Sie sollen mich nicht
fragen wann ich meinen bösen Traum habe.

Palmer (gießt Arzenei in Wasser).

Ich fragte nur, ob Sie nicht trinken wollen, Frau Sarah Simson.

Sarah.

Schlaftrunk? — Gern, Doctor; geben Sie her (trinkt). Der ist stark — mir fallen schön die Augen zu. (Legt sich ins Bett.) Gute Nacht, Doctor.

(Palmer zieht den Vorhang des Alkovens zu; White kehrt zurück.)

Palmer.

Der Anfall ist vorüber.

White.

Dies Weib ist furchtbar genug bestraft. Aber Sie haben recht: es scheint, daß in Folge des mehrfachen Verbrechens das auf ihrem Gewissen lastet, noch jetzt eine Tochter ihren Aeltern entfremdet, ein Sohn statt ihrer untergeschoben ist.

Palmer.

Die erstere könnte nur die Schauspielerin Fanny Simson sein, die angebliche Tochter Sarah's. Den Letzteren zu ermitteln wäre unsere nächste Aufgabe.

White.

Lassen Sie uns morgen Alles, was Erlebniß scheint, aus den Protocollen zusammenstellen und dann

versuchen, ob wir diese Bruchstücke zu einer begreif=
lichen Geschichte verbinden können.

(Beide ab.)

Zweite Scene.

Bibliothekzimmer Lord Ardens. Die Stelle der Mittelthür
des Hintergrundes nimmt ein großer Bücherschrank ein, von
welchem ein Theil eine geheime Thür bildet. Neben demselben
hängt ein weibliches Portrait, in welchem Aehnlichkeit mit
Fanny erkennbar sein muß. Ein Seiteneingang hinten
rechts, zwei links in der ersten und dritten Coulisse. Tisch,
Lehnsessel. — **Lord Arden, Kemble,** im Gespräch, v. r.

Lord Arden.

Alles Kaufmännische, lieber Kemble, besprechen
Sie gefälligst mit meinem Sohne Thomas. Lord
Arden kann sich um Comptoir und Börse ferner nicht
kümmern. Nach Arthurs Verheirathung mit der Gräfin
Evandale wird Thomas alleiniger Chef der Firma
mit einer Abfindung von 50,000 Pfund. Er weiß es
und ist damit zufrieden. — Was sagte Ihnen der
Vormund der Gräfin Evandale?

Kemble.

Daß die junge Dame seit — sechs Jahren mün=
dig sei und alleinige Herrin ihrer — Entschließungen; —
denn von Vermögen ist nicht die Rede.

Lord Arden.

Nun, — wir sind reich genug. — Hat sie gar nichts?

Kemble.

500 Pfund, welche ihr Vetter ehrenhalber zur Aussteuer bewilligt. (Lauernd.) Mylord entsinnen sich vielleicht, daß der einzige Bruder der jungen Gräfin vor etlichen zwanzig Jahren als Passagier . . . .

Lord Arden (rasch einfallend und ungeduldig)

— an Bord eines Kauffahrteischiffes mit diesem zu Grunde gegangen ist. Zum wievielsten Mal soll ich diesen Unglücksfall wiederkäuen hören?

Kemble.

Vergebung, Mylord, wenn die Erwähnung Sie widerwärtig berührt. Ich wollte nur erklären wie damals das ganze Vermögen auf eine Seitenlinie übergegangen ist.

Lord Arden.

Schon gut. — Haben Sie für unseren Correspondenten in Calcutta die bewußte Zahlung an die Assecuranzgesellschaft Concordia geleistet?

Kemble.

Hier die Quittung. Uebrigens scheint die Concordia liquidiren zu müssen. Actien angeboten zu

Spottpreisen. Die noch laufenden Assecuranzen be-
ziehn sich größtentheils auf Schiffe nur einer Fahrt,
der ostindischen; — so scheut man das große Risico.

Lord Arden (eifrig).

Schaffen Sie Auskunft, welche Summe erforderlich wäre zum Ankauf sämmtlicher Actien.

Kemble.

Sämmtlicher?

Lord Arden.

Ich erwarte Nachricht noch vor der Börse.

Kemble.

Sehr wohl, Mylord (abgehend, f. f.) Das Gerücht
ist keine Verläumbung! (Ab.)

Lord Arden.

Endlich werd' ich dem Fluch entrinnen, mit welchem
Sarah Simson mein Leben vergiftet hat. Ich hab'
es schwer genug gebüßt, daß ich kein Märtyrer der
Tugend war, als mir, dem Anfänger, ein ungewollter
Frevel nur die Wahl übrig ließ zwischen unverdienter
Schmach und unverdientem Reichthum. Das Capital
zurück zu erstatten, nachdem ich es verzehnfacht, war
— zu gefährlich; — aber die Zinsen hab' ich auf
allerlei Schleichwegen regelmäßig bezahlt. Den jungen

Erben freilich, der im versenkten Schiff ertrank, kann
ich nimmer lebendig machen. Besitzt aber seine einzige
Schwester als meine Schwiegertochter dreimal so viel
als das Gesammtvermögen der Evandales — dann
werd' ich wieder einmal ruhig schlafen können —
und bin Ich die ganze Concordia selbst, so kann mir
Niemand mehr etwas anhaben, auch wenn Sarah, die
so räthselhaft und spurlos verschwundene, noch am
Leben sein, eines Tages wieder auftauchen und mir
drohen sollte mit ihrem Zeugniß, daß ich groß geworden durch ein Verbrechen. — (Thomas t. a. von
links hinten.) Was willst du, Thomas?

Thomas.

Vater, ich hab' ein kühnes Geschäft gemacht:
sämmtliche Actien der Concordia gekauft.

Lord Arden (erschrocken).

Du? Bist du von Sinnen? Wie kamst du auf
den Gedanken?

Thomas.

Daß du diese Gräfin Habenichts zur Schwiegertochter begehrst schien mir nicht länger unbegreiflich,
wenn ich aufhörte, ein gewisses Gerücht für Verleum-
bung zu halten.

Lord Arden.

So dreist dein Ton, so dunkel ist deine Rede.

Thomas.

Vater, sollen wir Versteckens mit einander spielen? Wir sparen künftig die Zinsen und falls nicht ein Orcan von besonderer Bosheit gerade Uns auf's Korn nimmt, machen wir obendrein auch ein gutes Geschäft. — Ich habe fünfundzwanzig Jahrgänge des Hauptbuchs durchgesehn. Da fand ich eine auffallende Menge unveranschlagter Einnahmeposten gebucht, meistens anonym durch die Post eingegangen, — zusammengerechnet, mit kleinen Vorsichtsschwankungen, viertausend Pfund jährlich. Rothstiftkreuzchen daneben bewiesen, daß ich nicht der Erste sei, der sich darüber wundere. Doppelt bekreuzt fand ich den größesten Assecuranzposten, den die Gesellschaft jemals ausgezahlt — an die Ordre Edward Arden. Jene Geheimzahlungen sind genau vierprocentige Zinsen dieser Summe.

Lord Arden (ist in einen Sessel gesunken).

Unentrinnbarer Fluch!

Thomas.

Sei guten Muthes. Niemand mehr kann dir etwas anhaben.

Lord Arden.

Als mein Sohn Thomas. Was kostet dein Ver=
zicht auf das Vergnügen, auf der Bank der Ange=
klagten deinen Vater sitzen zu sehen?

Thomas.

Halte mich wofür du willst, nur nicht für einen
Dummkopf, der erpicht sei, sich selbst zu ruiniren.

Lord Arden (aufstehend).

Du hast klug gehandelt, Thomas. — Nachdem
es dahin gediehen mußt du Alles wissen.

Thomas.

Erzähle mir den Hergang ein ander mal.

Lord Arden.

Bei'm ewigen Heil meiner Seele, ahnungslos und
wider Willen bin ich verstrickt worden in das Ver=
brechen, das uns reich gemacht hat.

Thomas.

Wozu dich entschuldigen vor mir? Ich mache dir
Nichts zum Vorwurf, nicht einmal dein Gewissen.
Dies ist allerdings eine gefährliche Mitgift, nur sieges=
hinderlich im Kampf um's Dasein. Die Menschen
haben sich's anerzogen in abergläubischen Jahrhun=
ten, als man noch nicht einsah, daß dieser Kampf um
die Mittel zum Dasein die ewige Bestimmung aller

Erdengeschöpfe sei, vor allen des Menschen. Wie der
Hühnerhund, weil es seinen Vorfahren eine Reihe von
Generationen hindurch eingepeitscht worden ist, zuletzt
schon geboren wird mit einem Instinct, seinen
Schwanz zu verwenden zum Rebhuhntelegraphen für
den Jäger, — so ist unter den Menschen das Ge-
wissen allmälig erblich geworden. Du, Vater, hast
mit diesem Spuk oftmals gekämpft, und zuweilen sieg-
reich. Wohl in einer Siegesstunde hast du mir das
Dasein gegeben. Ich bin zur Welt gekommen, von
Natur schon frei von dieser Fessel der Willenskraft.
Das kommt nun auch dir zu Gute; dein Sohn er-
gänzt dich. Aber er kann einen Fortschritt in der
Zucht, den er dir verdankt, nicht rückwirkend machen.
Ich ergebe mich darein, dir als ruchlos zu erscheinen.

Lord Arden.
Thomas, du bist entsetzlich!

Thomas.
Du, Vater, beklagenswerth; aber es fällt mir
nicht ein, dich belehren zu wollen. Im Gegentheil,
ich find' es nothwendig, dein Gewissen vollständig zu
beruhigen.

Lord Arden.
Was meinst du?

Thomas.

Auch wegen des ertränkten jungen Lords. Ich will mein Mögliches thun, die Heirath zwischen Arthur und der Gräfin Evandale zu Stande zu bringen.

Lord Arden.

Spare die Mühe. Arthur macht eben, auf meinen Befehl, einen Besuch bei der Gräfin.

Thomas.

Schwerlich, um ihr eine Liebeserklärung vorzutragen. Wir werden's ja sehn. Ich dränge mich nicht auf. ;— Hier, Vater, ist der Interimscontract wegen der Concordia; man besteht darauf, ihn auch von dir vollzogen zu sehn.

Lord Arden.

Ich will ihn lesen. — (b. S.) Vor den Gerichten bin ich sicher, aber in der Gewalt eines Sohnes, der stolz ist, ohne Gewissen geboren zu sein.

(ab.)

Thomas.

Geld allein thut es nicht in Altengland. Auf das Hinterdeck des Staatsschiffs, an's Steuerrad, gelangt nicht leicht, wer nicht an der Treppe einen Titel aufzuweisen hat. Folglich muß Ich Lord werden. Ich bin der jüngere Sohn — folglich muß Arthur ...

Dummheit! Im neunzehnten Jahrhundert daran auch
nur zu denken! — Mein Witz muß eine Waffe er=
finden, schlechterdings unsichtbar für die tausend Augen
der Polizei. Ich muß ein Gift destilliren von so
stoffloser Geistigkeit, daß es der Analyse des Chemi=
kers spottet. Das ist die Aufgabe. Noch fand ich
keine Lösung. — Doch wozu das Grübeln? Aus
den Fehlern des Feindes combinirt man den besten
Schlachtplan. Aus der Liebschaft Arthurs und dem
Heirathsproject des Alten braut sich ein Sturm. Den
will ich beobachten. In der Leidenschaft entblößen die
Menschen die Stelle, an der sie verwundbar sind.

Sloughby (den Kopf zur Thür hereinstreckend).
Darf ich?

Thomas.
Nur näher, Sloughby. — Ist der Artikel ge=
druckt?

Sloughby.
Im Morning Star. Hier ist die Nummer.

Thomas.
Morgen also wird das Stück meines Bruders
in Drury Lane sicher aufgeführt?

Sloughby.
... Der Zettel klebt an allen Ecken, — fingerlange

Buchstaben — der neue Pygmalion von Arthur Morley. Aus dem Morning Star erfahren die Leute nun den wahren Namen des Verfassers: Arthur Arden.

Thomas.

Kannst du mir jeden beliebigen Erfolg garantiren?

Sloughby.

Das Theater war ja mein Hauptgeschäft als mich ein gewisser Herr mit lumpigen tausend Pfund fort= jagte, weil ich ihm zum Reichthum verholfen hatte. Denk', ich versteh's noch. Vorhalten freilich thut's nicht lange. Selbst Ausgepfiffenes kann sich erholen und das tollste Furore kriegt die galopirende Schwind= sucht wenn nichts dahinter steckt. Den ersten Erfolg indeß liefert man in jeder beliebigen Nuance, vom Durchfall mit Pauken und Trompeten bis zum Bei= fallsgewitter mit Platzregen von Blumensträußen und Lorbeerkränzen — je nachdem (Geste des Bezahlens).

Thomas.

Gut. Und wie steht es mit Arthurs Liebschaft?

Sloughby.

Richtig verlobt, vor Zeugen, auf deutsche Manier, aber unter seinem angenommenen Namen Morley. Zur Heirath kommt's. (pfiffig) Wenn Sie sicher sind,

daß Ihr Herr Bruder dafür enterbt wird, so haben
Sie gewonnen.

Thomas.

Vorwitziger alter Narr! Ich sage dir, diese Hei=
rath muß hintertrieben werden.

Sloughby.

Reden Sie im Ernst? Sie sind sonst ein feiner
Kopf . . . .

Thomas.

Hundert Pfund, wenn Arthur seiner Liebsten den
Abschied gibt.

Sloughby.

Das ist deutlich. Sie müssen wissen, wofür Sie
zahlen. — Es wird aber schwer halten. Zweimal
schon glaubt’ ich Fräulein Gertrud auf krummen Wegen
zu ertappen; aber beide mal war ich auf falscher
Fährte.

Thomas.

Wie das?

Sloughby.

Einmal sah ich sie auf offener Straße mit einem
alten Weibe reden das mir verdächtig vorkam. Ich
erfuhr aber, daß es ihre alte Amme war, die der
Maler Walter aus Deutschland mitgebracht hat.

Thomas (seine Schreibtafel ziehend).

Du weißt ihre Wohnung?

Sloughby.

Southward, Bricklane, Nro. 101.

Thomas.

Ist dort nicht das entlegene Spielhaus unweit des verwilderten Gartens?

Sloughby.

Ganz recht, dort ist die Alte in Dienst als Heizerin.

Thomas (macht eine Notiz).

Gut. Da nimm die Guince auf Abschlag. — Und der zweite Fall?

Sloughby.

Einige Tage später sah ich ein geputztes junges Frauenzimmer in dasselbe Spielhaus hinein gehn. Ich hätte schwören mögen, es sei Miß Gertrud. Ich ging ihr nach und fand — eine alte Bekanntschaft.

Thomas (rasch).

Sieht sie der Malerstochter ähnlich?

Sloughby.

Auf zwanzig Schritt zum Verwechseln; nahebei freilich nicht mehr, als ein Rechenpfennig einem Sovereign.

2

Thomas.

So muß man den Rechenpfennig vergolden. Du
verstehst dich auf Costume und Schminktopf . .

Sloughby.

Das wohl — aber Sie wollen doch nicht . . . ?

Thomas.

Den Bruder zurückschrecken vom Abgrunde dem
er zurennt, wenn es nicht anders sein kann durch
eine Vogelscheuche.

Sloughby.

Und die soll Ich liefern? — Es ist mir schon
warm genug in diesem Lande.

Thomas.

Soll ich dich zur Abkühlung auf die andere Seite
des Aequators schicken? Du weißt, ich könnt' es.
Das Mittel dazu hast du selbst mir verkauft in den
Briefen der Sarah Simson.

Sloughby.

. . . an Herrn Dirks.

Thomas.

Richtig, Herrn Dirks, weiland ersten Commis
bei Edward Arden; welcher Herr Dirks aber später
für gut fand, sich Sloughby zu nennen, und dessen

Gewandtheit bei gewissen Assecuranzgeschäften mir seitdem auch aus andern Quellen bekannt geworden ist.

Sloughby.

Als ich, während Sohlenmangels unter meinen Stiefeln, des hohen Werths gedachte, den diese Briefe für einen treuen Sohn haben müßten — da versäumt' ich's natürlich nicht, — erst Abschrift zu nehmen. Das beruhigt mich einigermaßen. Ja, Sie können mich zu den Känguruhs schicken, — aber nicht ohne Gesellschaft, und die Spesen dürften Ihnen vollends die Lust benehmen. — Indeß bin ich Ew. Gnaden ergebener Diener und halte mich empfohlen für Börsengerüchte, Autographen, Taufscheine, Gesundheitsatteste für Schwindsüchtige, und was in dies Fach einschlägt, wenn Sie Bedarf haben an solchen Artikeln. Aber zu zweit mit einem Frauenzimmer operiren um eine Person zu fälschen und mir die Rachsucht eines Verliebten an die Ferse zu heften — das geht nicht, das verwundet mein Gewissen.

Thomas.

Wie groß ist die Wunde?

Sloughby.

Warum?

Thomas (klirrt mit Geld).

Um das Pflaster danach zu bemessen.

Sloughby.

Das müßte reichen von hier bis America, für mich und Evy — so ein Dutzend Blätter zu fünfzig.

Thomas.

Erwarte mich in einer Stunde in Smarts Kaffee-haus. Jetzt fort, ich höre meinen Bruder kommen.

Sloughby (f. f.).

Er wird mir zu scharf; ich muß mich in Acht nehmen. (ab.)

Thomas.

Ja, so wird's gehen. Setzen wir den schlimmsten Fall: daß das Gaukelspiel mißlänge. Dann spiel' ich selbst den entrüsteten Entdecker: — ein unheil-barer Bruch ist auch dann die geringste Folge.

Arthur (t. a. v. links vorn).

Thomas, du könntest mir helfen.

Thomas.

Gern, lieber Bruder. Was macht dich so finster? Kommst du aus der Probe und hatten die Schau-spieler schlecht gelernt?

Arthur.

Ich komme von dem befohlenen Besuch bei der Gräfin Evandale.

Thomas.

Nicht wahr, eine stolze Gestalt, eine reife Schönheit, aber immer noch reizend trotz der 5 oder 6 Jahre die sie älter ist als du? Scheint es dir noch Tyrannei, daß der Vater dies Heirathsgeschäft abgeschlossen hat ohne dich zu fragen?

Arthur.

Ich hab' es ihr offen gesagt, daß ich bereits verlobt bin.

Thomas.

Spaßvogel! Nach den Bildern zu schließen muß diese Malerstochter ein hübsches Lärvchen haben. Aber mir wolle doch nicht weißmachen, Du, der künftige Lord Arden, habest dich selbst in Kauf geboten für so leichte Waare.

Arthur.

Thomas, — du sprichst von meiner Braut.

Thomas.

Sei doch nicht abgeschmackt! Ich bin selbst kein Schneemann und gönne dir ein Vergnügen. Aber ein Malmodell, eine Schönheit, die der eigene Vater bald

als Madonna, bald als Venus veröffentlicht und ver=
kauft hat, müßt ich mir als Frau Schwägerin denn
doch höflichst verbitten. Und glaubst du, der Vater
werde sich eine plebejische Schwiegertochter gefallen
lassen?

Arthur.

War er nicht selbst Kaufmann und Sohn eines
Kaufmanns? Hat unsere seelige Mutter ihn deswegen
verschmäht?

Thomas.

Das hatte seinen Haken. Der vorige Lord Arden,
der Bruder unserer Mutter, — so sagen die Leute —
war nach und nach so tief hineingerathen — oder
hinein gemaßregelt in die Schuld des Vaters, daß er
sich nicht anders helfen konnte als durch eine Art
Verkauf seiner Schwester.

Arthur.

Verleumdung! Niemals werd' ich glauben was
meinen Ursprung trübt.

Thomas.

So klebe dir Wachs in die Ohren. Mir ist das
gleichgültig. Ja, es könnte mir — vorausgesetzt natür=
lich, daß ich doch derselbe Kerl geworden wäre, der
jetzt so ziemlich fest und behaglich in meinen Schuhen

steht — es könnte mir fast noch mehr Spaß machen, wenn ich das Licht der Welt hinter irgend einem Zaun erblickt hätte.

Arthur.

Pfui, Thomas, das ist abscheulich! Schämst du dich nicht vor dem Bilde unserer seeligen Mutter, das dort von der Wand auf uns herabsieht?

Thomas (ernst, aber hart).

Laß die Mutter aus dem Spiel. Mich von Hörensagen mit bloßen Gedanken zur Zärtlichkeit zu schrauben liegt nicht in meiner Natur. Du magst sie vergöttern, du hast Erinnerungen von ihr — Ich nicht.

Arthur.

Freilich, sie starb wenige Tage nach deiner Geburt.

Thomas.

Weil sie wenige Stunden darauf aus dem Wochenbette sprang um dich aus dem brennenden Hause zu retten. So hast Du mir die Mutter gewissermaßen gestohlen und du selbst bist schuld an meiner härteren Natur. Doch mir bin ich so gerade recht. Genug davon. — Jetzt rath' sich dir, das Heirathsproject des Vaters nicht zu kreuzen. Weil er Arden hieß, wie mancher ehrliche Schuster und Schneider in England, erangelte er sich eine Gräfin Arden. Ein ge-

dulbiges Stück Pergament bewies ursprüngliche Ver=
wandtschaft und nach des Onkels Tode bestimmte den
Premierminister sein dringender Bedarf an Stimmen
im Unterhause die Titel des erloschenen Hauses auf
ihn zu übertragen. Um den Rest plebejischen Kupfers
in Dir zu affiniren sollst du verschmolzen werden mit
einer Silberstufe von unzweifelhaftem Feingehalt. Ge=
horche, sonst steh' ich für nichts; denn in der Wuth
ist der Alte zu Allem fähig.

Arthur.

Dein Ton ist mir unbegreiflich. Vielleicht ver=
stehst du mich besser. Höre meinen Vorschlag. Du
bist geeigneter für die Pläne des Vaters. Du bist
ein Meister im Erwerben; du rechnest, drohst, — die
Pächter seufzen — und zahlen das Doppelte. Du
verstehst die Kunst, die Menschen zu beherrschen. Ich
tauge nichts dazu, ich bin einmal ein Schwärmer, wie
man mir täglich vorwirst. Ich bin zufrieden mit
meinem mütterlichen Erbtheil; denn ich weiß, an die=
sem klebt kein Unrecht. Es hat mir ohnehin das Leben
verbittert, überall für einen künftigen Lord und Millio=
när zu gelten. Du, Thomas, übernimm Ardenstone, du
heirathe die Gräfin Evandale, wenn sie dir gefällt.
Mein Erstgeburtsrecht will ich dir mit Freuden abtreten.

Thomas (b. S.).

Zuzutrauen wär' es ihm allenfalls, daß er auch meine was er sagt. (Laut) Nein, theuerster Arthur, ich bin ein derber Erdenwurm der nur im Boden seine Nahrung sucht; aus mir kann sich niemals ein buntgeflügelter Schmetterling entpuppen der im Sonnenschein um Blumen tändelt um sein schillerndes Farbenspiel bewundern zu lassen — und das ist heutzutage der eigentliche Beruf des Edelmanns. Meinst du, wir könnten unsere Loose tauschen wie Mäntel? Mit gleicher Sicherheit dürftest du mir einen Tausch unserer Nasen anbieten. Füge dich also dem Willen des Vaters. Ich hör' ihn kommen.

Arthur.

Ich bin mit Gertrud verlobt, ich kann, ich will nicht zurück. Wenn er darauf bestünde — ich könnte heftig werden. Such' ihm also meine Weigerung glimpflich beizubringen und sprich für meinen brüderlichen Vorschlag. Ich werde nebenan warten. (ab.)

Thomas.

Weicher Narr mit deiner billigen Großmuth, schenken möchtest du mir, was ich erobern will? Und wenn du es könntest, wer weiß ob ich es annähme. Sein Glück Jemandem verdanken ist lebens-

längliche, rückgratknickende Folter, es erzwingen mit
eigner Kraft die feinste Wollust, welche das ungefie=
derte Zweibein, Mensch genannt, sich verschaffen kann
während der kurzen Frist frei bewegten Herumkrabbelns
auf seinem irdischen Urbrei. Dies Gewürz des Lebens
sollt' ich mir ¡stehlen lassen von diesem sentimentalen
Kopfhänger?

Lord Arden (v. r.).

Ist Arthurs Widerspruch verstummt vor der Schön=
heit der Gräfin?

Thomas.

Höchst beredt geworden, Gräfin und Erstgeburt
mir aufzuschwatzen.

Lord Arden (mißtrauisch).

Hättest du Lust zu diesem Tausch?

Thomas.

Ich? Ein Zwitterding zu werden wie du, Papa,
halb Lord, halb Citygröße? Herzspann zu fühlen wann
die Stocks um ein Procent fallen und Tausende zum
Fenster hinaus zu werfen für noble Passionen, im
Gesicht Geldverachtung, in den Fingern den Krampf
des Widerstrebens? Ich bin der Sohn deiner Kauf=
mannshälfte.

Lord Arden.

Gut! gut! Wären Grobheit und Ehrlichkeit das=
selbe, so dürft' ich dir vertrauen.

Thomas.

Du darfst mir vertrauen, Vater, so weit mein
Vortheil reicht, und das ist für dich weit genug.
Deine Nebengrille, ein hochadlig Haus zu stiften, ist
für mich ein eitles Hirngespinnst. — Was hat der
Mensch davon, als vergilbtes Bild im Ahnensaal zu
hängen? Meinst du, der Handvoll Moderstaub im
Todtenschädel könne das wohlthun?

Lord Arden.

Ruchloser Mensch!

Thomas.

Aber dein Hirngespinnst paßt in meinen Plan.
Mich hungert nach Selbständigkeit. Ich soll sie haben
sobald Arthur die Gräfin heirathet. So will ich dir
eifrigst helfen, das Hinderniß dieser Heirath aus dem
Wege zu räumen.

Lord Arden.

Doch nicht . . . ? Du wärst es im Stande!

Thomas (lachend).

Hältst du mich für einen Einfaltspinsel der mit
Polizei und Geschworenen Bekanntschaft suche? Der

Malerstochter soll kein Haar gekrümmt werden. Nur
Arthurs Aberglauben müssen wir aufklären. Ein Mal=
modell ist natürlich ·kein Tugendspiegel. Ich bin ihr
auf der Fährte. Gib mir einen Wechsel auf Neu=
York von 500 Pfund und 500 Pfund baar, so sollen
ihm die Schuppen von den Augen fallen.

Lord Arden.

Tausend Pfund! Wie viel hundert Procent be=
rechnest du Provision?

Thomas.

Die Gräfin Evandale hat Ahnen bis hinauf in
die Kreuzzüge. Willst du knickern?

Lord Arden.

Erst will ich doch versuchen ob er nicht in Güte
nachgibt.

Thomas.

Der sanfte Starrkopf nachgeben?

Lord Arden.

Ruf' ihn herein. (Thomas geht an die Thür vorn
r. u. winkt hinaus; Arthur t. a.) Nun, Arthur, hast
du die Gräfin nicht sehr liebenswürdig gefunden?

Arthur.

Vater, vergib, daß ich dir nicht sogleich die volle
Wahrheit gesagt habe. Vergib, daß mein rasches

Herz eine Pflicht des Sohnes vergessen konnte. Ich
bin verlobt mit Gertrud Walter, der Tochter des be-
rühmten deutschen Malers.

Lord Arden (mühsam an sich haltend).
Thomas sagte mir von diesem Scherz.

Arthur.
Es ist heiliger Ernst.

Lord Arden.
Auch diesen Jugendstreich will ich dir verzeihn
und mit einer erklecklichen Summe die Dirne abfin-
den, wenn . . .

Arthur.
Halt ein. Gertrud ist meine Braut; nur sie
wird meine Gattin.

Lord Arden.
Meines Sohnes Gattin wird sie nie.

Arthur.
Ist man in England der Sclav seiner Aeltern?

Lord Arden.
Hältst du Ardenstone und eine Million für einen
Pappenstiel?

Arthur.
Für Gertrud ist mir auch dieser Preis nicht zu
hoch.

Lord Arden.

Aber vielleicht ein Vaterfluch.

Arthur.

Den Fluch des Jähzorns wird Besinnung in Segen verwandeln wenn du Gertrud kennen lernst.

Lord Arden.

Der wohlerwogene Wille des Vaters wird eine knabenhafte Leidenschaft zu bändigen wissen. Löse dies Band, oder — ich schwöre dir's, ich werd' es zerreißen.

Arthur.

Deine Drohung zwingt mich, es rasch unlöslich zu knüpfen.

Lord Arden.

Geh mir aus den Augen. Den Weg von hier ins Ehebett sollst du weiter finden als du denkst.

Arthur.

Es ist jetzt nur eine Tagereise bis — Gretna-green. (ab.)

Thomas.

Wer hatte wieder einmal recht?

Lord Arden.

Hat das Mädchen Geld?

Thomas.

Eine deutsche Malerstochter?

Lord Arden.

Worauf trotzt er denn? Noch kann ich ihn mit einem Federstrich zum Bettler machen.

Thomas.

Es ist die Art solcher Schwärmer, den kleinsten Tropfen Aussicht aufzuschwellen zu einer großen Seifenblase, in der sich eine ganze Hoffnungswelt in prächtigem Farbenschiller abspiegelt. Er erwartet unsterblichen Ruhm und hinlängliches Einkommen von seinen Theaterstücken.

Lord Arden.

So müssen wir das bevorstehende auspfeifen lassen.

Thomas.

Kostet Geld.

Lord Arden.

Wie viel?

Thomas.

Etwa 300 Pfund. Wir müßten zunächst sämmtliche Plätze wegkaufen.

Lord Arden (sich das Haar krauend).

Vielleicht fällt sein Machwerk von selbst.

Thomas.

Schwerlich. Die Schauspieler sollen sehr begeistert sein für ihre Rollen.

Lord Arden

Wo der Junge nur die Poesie her hat!

Thomas.

Von der Mutter. Nach ihrer Bibliothek zu ur=theilen muß sie für Poesie geschwärmt haben, nament=lich für Lord Byron.

Lord Arden (auffahrend).

Für Lord Byron? — Mensch — wie meinst du das?

Thomas

(stutzt und sieht Lord Arden forschend an; hierauf b. S.)

Liegt hier ein brauchbares Geheimniß verborgen? Das muß ich herauskitzeln. (laut) Wie ich das meine? — Je nun — ich meine, daß — daß es kein Wunder ist, wenn sich ihre Schwärmerei gleich=sam — gleichsam verkörpert hat in Arthur, dem Muttersöhnchen, und seine Verse, wie man sagt, stark erinnern an die von Lord Byron.

Lord Arden.

Sagt man das wirklich? — Das Stück muß

unbarmherzig ausgepfiffen werden, und follt' es vier=
hundert Pfund koften.

Thomas.

Deutlicher kannst du nicht antworten. (b. S.) Nun
hab ich dich! (laut) Haft du nicht fogar eine gewiffe
entfernte Aehnlichkeit bemerkt zwifchen Arthur und den
Bildern des fchwermüthigen Lords?

Lord Arden (b. S.).

Höll' und Teufel, er hat recht. Wo waren meine
Augen? (laut) Komm auf mein Zimmer, ich will dir
die verlangten Summen anweifen. Wir müffen Arthurn
nöthigenfalls mit Gewalt zurückreißen vom Abgrunde
feiner Tollheit. (ab.)

Thomas.

Tollheit? — Diefes Stichwort ruft hier, auf der
Bühne meiner Gedanken, einen neuen Schaufpieler
vor die Lampen. — Es fcheint, du bift ein genialer
Burfche. — Ja, dich kann ich brauchen. Erft aber
muß ich dir deine Requifiten fchaffen, die körperlofe
Waffe und das Traumfäftchen, das allen Reagentien
der Chemie Hohn fpricht. Darum warte noch und
halte dich bereit hinter den geheimnißvollen Couliffen.

3

Also der poetische Lord muß einst meinen Herrn
Vater eiferfüchtig gemacht haben. — Ich entfinne mich
gehört zu haben von einem Besuch, den er in Arden=
stone abgestattet, bald nach der Hochzeit. — Ob er
wirklich . . . .? Gleichviel, es muß bewiesen werden.
Es läßt sich wohl ein Gedicht finden oder zusammen=
stoppeln, das meinem Bedarf entspricht. Sloughby
versteht sich meisterlich auf Autographen. — Der
Alte, nachdem ich ihm diesen Floh in's Ohr gesetzt,
wird ganz gewiß in Lord Byrons Gedichten herum=
stöbern — da leg' ich's hinein. Das muß Wirkung
thun — und nicht blos auf den Alten. Arthur würde
drehkrank wenn er so etwas glauben müßte. (leise)
Wenn ich die Mutter gekannt hätte — ich fänne doch
vielleicht auf ein anderes Mittel. Verleumb' ich die
Todte? — Nach dem Katechismus der Menge —
vielleicht; — vielleicht auch nicht. In meinen Augen
aber verlöre sie nichts, wenn sie es wirklich gethan
hätte — also — (laut und entschlossen) Also heraus
auf die Bretter, du neuer Schauspieler; deine Scene
kommt und dein Requisit ist gefunden. (ab.)

Dritte Scene.

Wohnung des Malers Walter.

Betsy, eine Reisetasche und Mantel tragend, von rechts u. ab durch die Mitte. **Walter** in Reisekleidern, **Gertrud** t. a. v. r.

Walter.

Nicht ohne Bangen, Gertrud, kann ich dich ver=laffen, mitten in der Entscheidung deines Schicksals.

Gertrud.

Arthur meint es redlich; wir sind ja verlobt.

Walter.

Ihr seid es und seid es nicht. Arthur selbst ge=steht, daß er ohne den Artikel im Morning Star seinen heutigen Brief nicht geschrieben, sondern den Betrug fortgesetzt haben würde.

Gertrud.

Betrug! — Vater, das Wort ist zu hart. Ja, er hat uns gelten wollen für Arthur Morley, Schrift=steller, Sohn bürgerlicher, bemittelter, dann wohl=habender, zuletzt, als wir ihn darin durchschauten, r e i c h e r Aeltern; aber seine Gründe . . .

Walter.

Sind begreiflich und nicht unedel; aber mein Jawort hat er dennoch erschlichen. Dem Sohn des Lords und Millionärs hätt' ich es vielleicht niemals

gegeben, keinenfalls ohne Zustimmung seines Vaters.
Sag' ihm das und laß dich zu keiner Uebereilung
hinreißen. Was die Mutter auch zur Beschönigung
anführen mag — denn sie ist ganz berauscht von
der Vorstellung, daß ihre Tochter eine Lady werden
soll — ich verbiete dir nochmals auf das Bestimm=
teste jeden weiteren Schritt bis zu meiner Wiederkehr
aus Deutschland. — Arthur ist ein heißer Kopf und
leidet an einer überspannten Geringschätzung der hand=
greiflichen Dinge. Laß deine Liebe die Schule sein,
in welcher er auch die Erdenwurzeln der Menschheit
achten lernt. Denn ein großes Stück unserer Menschen=
würde setzt sich zusammen aus dem Stein, aus dem
wir Häuser baun, aus dem Aehrenmark das uns nährt
und zumal aus dem vielgescholtenen Golde, das ein
verdichteter Krystall ist von bereitgehaltener Menschen=
arbeit. Das Liebesglück verwandelt sich aus einem
Wunsch in eine Wesenheit nur da, wo ein edles Paar
das richtige Maaß irdischen Gutes zum Fußgestell
hat. Erst Heimath, Haus und Heerd bilden den Leib
der Liebe.

Gertrud.

Ich bin deine Tochter und werde mich bemühen,
deiner werth zu sein.

Walter.

Jetzt noch Eins. Ich kenne den jüngeren Sohn
Lord Ardens, Thomas. Ihr werdet ihm das Haus
nicht verbieten können. Aber laßt ihn euch nicht zu
nahe kommen; der Mann gefällt mir nicht. Sein
Aeußeres ist gewinnend; er kann bestechen, wenn er
will; die Rede fließt ihm leicht von den Lippen und
sein Humor ähnelt bis zur Täuschung einer ange-
borenen Heiterkeit des Herzens. Doch ich fürchte,
hinter dieser Maske lauert jene gewissenlose Selbst-
sucht, welche menschliches und göttliches Gebot mit
einem kecken Witz abzuschaffen meint. Er ist einer
von denen, die das ganze Weltgeheimniß auszuschöpfen
wähnen mit den zwei Worten Stoff und Kraft. Der
Cultus dieses Aberglaubens ist Selbstvergötterung. Wo
sich damit ungewöhnliche Menschenkenntniß und Willenskraft verbinden, da hört die Ruchlosigkeit zuletzt auf,
nur der Gewinnsucht zu dienen und wird um ihrer
selbst willen gesucht als höchster Genuß. Solche
Gottesaffen sind gefährlich. Darum haltet ihn so
fern als möglich. — Doch nun genug. Zu leiten
durch Rath, bleibt im Grunde doch eitles Be-
mühn. Jeden Augenblick recht handeln lehrt uns
nur die dauernde Beschaffenheit des Herzens. Lebe

wohl, geliebtes Kind, denke mein und damit — Gott
befohlen.   (mit Gertrud ab d. d. M.)

Betsy (v. links mit einem Brief).

Gesiegelt mit einem Penny, geschrieben auf Käse=
papier, mit einem Zahnstocher. Wer nur durch die
Gemüsefrau an Miß Gertrud zu schreiben hat? Die
Liebesbriefchen von Herrn Arthur sehn ganz anders
aus, — weiß und glatt wie Elfenbein — die Auf=
schrift wie gestochen. (Gertrud kehrt zurück) Hier ist ein
Brief für Sie, Miß Gertrud.

Gertrud (nachdem sie gelesen).

Die arme Margareth! Hier ist Geld, Betsy. Hol'
ein Weizenbrod, ein Huhn und eine Flasche guten
Wein; dann gehn wir nach Bricklane. Kennst du
die Straße?

Betsy.

Freilich, am äußersten Ende von Southwark, fast
in freiem Felde.

Gertrud.

Da wohnt Margareth, meine alte Amme, die
meine Aeltern aus Deutschland mitbrachten. Sie ist
krank und möchte mich noch einmal sehen.

Betsy.

Die Gemüsefrau wartet draußen auf Antwort.

Gertrud (schreibend).

„Deine Gertrud wird nie vergessen, daß sie an beiner Brust gelegen hat. In einer Stunde bin ich bei dir." — So — Nun besorge was ich dir aufgetragen. (Betty r. ab. Arthur t. a. durch d. M.) Mein theurer Arthur! — Aber um Gotteswillen, was ist dir?

Arthur.

Wo ist dein Vater?

Gertrud.

Eben fort nach Dover, nach Düsseldorf, zur Hochzeit meines Bruders.

Arthur.

Schlimm! So rufe deine Mutter. Macht euch reisefertig, in einer Viertelstunde müßt ihr mit mir fort.

Gertrud.

Aber wohin denn?

Arthur.

Nach Schottland. Ich habe mit meinem Vater gesprochen.

Gertrud.

Und er zürnt?

Arthur.

Er will uns gewaltsam trennen. Er würde Wort halten. Wir müssen einander gehören vor Gott und der Welt bevor er seinen Schlag führen kann. Beeile dich. Morgen sind wir in Gretnagreen. — Wie? Du schweigst? Du bist schwankend?

Gertrud.

Lieber Arthur, das ist der Leichtsinn vorschneller Verzweiflung. Dein Vater zürnt nicht ohne Grund. Du thatest Unrecht, uns über deine Person zu täuschen, schwereres Unrecht, dich zu verloben hinter dem Rücken deines Vaters. Wenn er mich und meine Aeltern kennt wird er uns seinen Segen schon ertheilen. Ohne diesen tret' ich nicht mit dir an den Altar.

Arthur.

Du weigerst dich?

Gertrud.

Ich muß. (Thomas erscheint in der Mitte.)

Arthur.

Ist das deine Treue?

Gertrud.

Wahre Liebe will das Glück des Geliebten.

Arthur.

Dich besitzen ist mein ganzes Glück.

Gertrud.

Vielleicht ein Theil davon, gewiß nicht das ganze.

Arthur.

Was fehlt uns, wenn wir verbunden sind?

Gertrud.

Dir ein Beruf, mir ein warmer Heerd, ein wohl=
versorgtes Haus, in dem ich als Hausfrau schalten
kann.

Thomas (b. S.).

Das Mädel hat Kern.

Arthur.

So hat auch dich der schnöde Goldhunger schon
ergriffen! Ich will mit Freuden Alles für dich hin=
geben, und du bist nichts als frostig berechnender Ver=
stand? Du liebst nicht mich, sondern den Erben!

Gertrud.

Ich liebe dich wie du bist, nicht ein Gedanken=
bild von dir. Ich leugn' es nicht, ich merkt' es bald,
daß du reich sein müßtest, und ich würde lügen, wenn
ich nicht gestände, daß es mich sehr freute. Auch dein
Reichthum gab mir helle Farben, mir das Glück an
deiner Seite reizend auszumalen.

Arthur.

Das sagst du mir offen in's Gesicht?

Gertrud.

Weshalb sollt' ich heucheln?

Arthur.

Als einen Sohn armer Aeltern würdest du mich also nicht lieb gewonnen haben?

Gertrud.

Wozu dies müßige Spiel mit Möglichkeiten der Vergangenheit? Wie kann ich wissen, ob du auch dann liebenswürdig geworden wärest?

Thomas (b. S.).

Eine höchst merkwürdige Person.

Arthur.

Du glaubst es also nicht?

Gertrud.

Die prachtvolle Garten=Nelke bleibt auf der Haide ein dürftiges Blümchen. Gleich der Pflanze — das hat mir der Vater oft gesagt — ist auch des Men= schen Bildung abhängig vom Boden in dem er ge= wachsen ist. Das aber weiß ich nun sicher: dich, den Sohn eines Millionärs, aufgewachsen im Ueberfluß und erzogen mit aller Sorgfalt, die das Gold er= laubt, — dich zu verpflanzen aus dem fetten Garten=

beet des Reichthums in das freie Feld des Mangels —
das wäre fast ein Mord.

Arthur.

Doch nur fast! Was du thust ist wirklich einer.
Du stürzest mich zurück in Verzweiflung an der Welt.
Die Käuflichkeit der Menschen erfüllte mich mit Ekel
und Lebensüberdruß. Vor dem künftigen Lord und
Millionär zogen sie den Hut in gleißnerischer Hoch=
achtung. Mütter und Töchter thaten zärtlich wenn
sie hörten, wie viel ich einmal wöge. Blieb es un=
erwähnt, war ich nur Ich, so würdigte mich Niemand
eines Blickes. Von mir werfen wollt' ich die goldene
Last die mich erdrückte mit dem Bewußtsein persön=
licher Nichtigkeit, entfliehn aus diesem feilen Lande
um in der Fremde mit eigner Kraft eignen Werth
zu erringen. Da fand ich dich und fühlte mich er=
löst. Bevor du wußtest wer ich sei, bevor du ahntest,
wieviel ich besäße — das hab' ich mir bis jetzt
wenigstens eingebildet — gewann ich deine Zuneigung.
Sie schien mir eine lautere Himmelsflamme, nicht ge=
nährt von gemeinen Erdkohlen. O Gertrud! — zu
denken, daß auch Du nur gerechnet habest — das
grenzt für mich an Wahnsinn.

Thomas (rasch hervortretend).

Vergebung, Fräulein, daß ich meinen Bruder hier aufsuche. (Zu Arthur) Der Vater bedauert seine Heftigkeit; übereile nichts, ich habe die beste Hoffnung.

Arthur.

Ich hoffe nichts mehr.

Gertrud (mit einer Verbeugung zu Thomas).

Ich will nicht stören. (leise zu Arthur) Sei wachsam, Arthur.

Arthur.

Wach gerüttelt hast du mich hinlänglich.

Gertrud.

Sei gewaffnet gegen böse Ränke. Glaub' an meine Liebe, und die Liebe wird siegen. (ab.)

Thomas.

Bester Bruder, du verlangst Unmögliches. Wir leben im goldenen Zeitalter. Da muß ein Erbe von 30,000 Pfund Rente auf platonische Liebe verzichten. Treue hingegen, — wenn auch nur aus kluger Berechnung, oder, — um ganz bescheiden zu sein — wenigstens den äußeren Schein ehrbaren Wandels darf er wohl in Anspruch nehmen von seiner künftigen Gattin.

Arthur.

Willst du mich wahnsinnig machen?

Thomas (b. S.)

Zum dritten Mal hör' ich dies Stichwort. Erfunden hab' ich's nicht. (laut) Heilen, Bruder, will ich
dich von deiner unbegreiflichen Verblendung. Ich hegte
längst Argwohn; die Ehre meiner Familie gebot mir
Nachforschungen. Jetzt hab' ich Gewißheit. Du hast
einen glücklichen Nebenbuhler. Heute noch gewährt
ihm Gertrud eine heimliche Zusammenkunft.

Arthur.

Beweise, oder ich erwürge dich.

Thomas.

Ruhig, Bruder. — Kennst du diese Schrift?

Arthur.

Gertrubs Hand! (liest) „Deine Gertrud wird nie
vergessen, daß .sie an deiner Brust gelegen hat." —
Das ist ein Teufelsblendwerk. Wie kamst du zu diesem Zettel?

Thomas.

Geh' nach Bricklane — Southwark — nicht
weit von deiner Lieblingspromenade — bewache das
Haus Nro. 101. Es ist ein Spielhaus. Du wirst
Gertruden eintreten sehn und wenn du ihr folgst, sie
am Spieltisch oder in der zärtlichsten Gesellschaft finden.

Arthur.

Gertrud! Ein glühender Stahl zischt in meinem Gehirn. (will gehn.)

Thomas.

Halt, noch eins. Warum hast du mir kein Wort davon gesagt, daß schon morgen in Drury Lane dein Stück zur Aufführung kommt? An allen Straßenecken las ich in fingerlangen Buchstaben: Der neue Pygmalion von Arthur Morley.

Arthur.

Die Welt hat eine andere Vernunft als ich! — Was sagst du? Pygmalion? Ja wohl, der Marmor bleibt auch in der Bildsäule gemeiner Erdenstoff. Dein eigenes Blut gefriert, wenn du ihn lebendig wärmen willst. In Drury Lane, sagst du? Nein, Bricklane ...

Thomas.

Bricklane, 101.

Arthur.

Nein, es ist ja nicht möglich! Meine Gertrud — Thomas, — wenn du gelogen hast, so nimm dich in Acht vor mir. (ab.)

Thomas.

Schwachkopf! In Acht nehmen vor Dir? Ja, wie Jemand, der eine Mauer einrennen will und noch

zu rechter Zeit erkennt, daß er nichts weiter vor
sich hat als eine spanische Wand von Tapetenpapier:
Wo der Widerstand null ist, darf man nicht mit
voller Kraft anlaufen, sonst fällt man auf die Nase. —
Also — mit Gemächlichkeit vorwärts! Vielleicht pflücken
wir unterwegs eine allerliebste Blume. Das Mädel
gefällt mir. — Mir ist ganz wunderlich. Sollt' ich
auch lieben können? Bin ordentlich neugierig, in
welcher Manier ich das anstellen würde. — Was hat
sie nur an meinem Bruder, dem Honigpilz? — Halb
toll ist er schon. Verlangt, sie solle nicht in ihn
verliebt sein, sondern in ein Begriffsgespenst von
ihm. — Eine so gesunde Natur pflegt nicht lange
untröstlich zu sein. Ich will ihr einen Mann zeigen, —
einen ganzen Kerl — der nicht phantasirt, wie die
Welt und die Menschen sein könnten, wenn es
nicht zufällig unmöglich wäre, sondern sich lieber
das größtmögliche Stück von dieser Welt zueignet
und sich schmecken läßt wie sie eben ist. — Sie wird
nicht lange zaudern, wenn ich sie einlade meinen
Löwentheil mit mir zu verzehren als meine Löwin. —
Erst aber muß Arthur — erst muß er angelangt
sein, wo — — wo er hingehört. (ab.)

Vorhang fällt.

Zweiter Aufzug.

Erste Scene.

Gegend vor der Stadt, deren Gebäude und Thürme das Gebüsch im Hintergrunde überragen. Vorn links ragt ein Haus mit Thür und practicablem Fenster in die Scene.

Thomas (ein Blatt Papier haltend).

Wurmfräßiges Papier, — die Tinte so vergilbt, als wären meine Verse wirklich vor einem Vierteljahr-hundert geschrieben; — Sloughby versteht sein Hand-werk. — Aber der Sicherheit wegen werd' ich es doch wieder auf die Seite schaffen müssen sobald es seine Wirkung gethan hat. — Auch meine Flickarbeit ist nicht so übel. (liest.)

Ein Frevel war es daß man dich gezwungen
Als willenlose Sklavin kalter Pflichten
Auf's wahre Glück des Lebens zu verzichten,
Vom neigungslosen Eheband umschlungen.

Da hörteſt du des Dichters Huldigungen —
Erhörung fand er — Sünde war's mit nichten.
Verewigt werde nun durch dich ſein Dichten
Und lebe fort, nachdem ſein Lied verklungen.

Ade, Geliebte; denn wir müſſen ſcheiden,
Doch lebt ein ſüßer Troſt für unſre Schmerzen:
Zu einem ſchönen Denkmal von uns beiden
Ward unter Küſſen, unter holden Scherzen
Der Grund gelegt: du trägſt es unter'm Herzen.
Ein Dichter wird's. Ihn ſoll die Welt beneiden.

Das leg' ich noch heut in Byrons Gedichte, ſo-
bald hier der Coup geſchehen iſt. — Sieh, 101; —
das iſt alſo das Spielhaus. — Ob die Stellvertre=
tung gelingen wird? — Nun, Arthur iſt ein Nebel=
kopf, der immer nur ein Viertel ſieht und drei
Viertel dazu phantaſirt. — Da kommen meine Ma=
rionetten. — Der Director verſchwindet hinter den
Couliſſen. (verbirgt ſich.)

Sloughby, Evy, genau wie Gertrud gekleidet,
und ihr möglichſt ähnlich geſchminkt, t. a.

Sloughby.

Zweifle nicht, Evy, ich muß mit über das große
Waſſer, es wird mir zu heiß in dieſem Lande. Deine

Fünfzig brauchst du nicht anzubrechen, bis Neu-York
halt' ich dich frei. Dort aber sind wir geschiedene
Leute.

Evy.

Versteht sich; denn dort will ich ein ehrliches
Leben anfangen.

Sloughby.

Nun komm hinein, es ist Zeit. Vergiß nicht,
daß du recht zärtlich mit mir thun mußt. Wenn er
dann eindringt schreist du: Himmel, Arthur, ich bin
verloren! und läufst fort so schnell du kannst.

Evy.

Langweiliger Mensch, ein Papagey hätt' es aus-
gelernt, so oft hast du mir's vorgesagt.

(Beide ab in's Haus.)

(Gertrud, Betsy, einen Korb tragend, t. a. In
der Ferne wird Arthur sichtbar, in einen Mantel
gehüllt, und beobachtet beide vom Gebüsch aus.)

Betsy.

Hier ist Nummer 101, wo im Hinterhause die
alte Grete krank liegen soll. Aber Fräulein, lassen
Sie mich den Korb hineintragen, gehn Sie nicht in
dies Haus. Es ist nicht recht geheuer in dieser Gegend.
Der Herr Arthur sind so ein vornehmer, feiner Herr,

jeden Tag neue Handschuhe, — was würde der denken?

Gertrud.

Er würd' es mir sehr übel nehmen, wenn ich meiner alten Amme ihren letzten Wunsch nicht erfüllen wollte. Komm nur, wir deutschen Mädchen sind nicht so gefährlich. (Beide ab ins Haus.)

Arthur (vortretend).

Das also ist meine Menschenkenntniß! Ein solches Geschöpf konnt' ich anbeten als Musterbild weiblicher Tugend! — Die Natur scheint mir auch das bescheidenste Maaß von Urtheil versagt zu haben. Entweder belogen mich meine Sinne, oder — oder ich habe keinen Verstand mehr zu verlieren.

(ab ins Haus.)

Thomas.

Noch eine Dosis, und es gibt einen Ausbruch. Wenn er dann — und das läßt sich einrichten — von einem Arzt und einer Gerichtsperson für gestört gehalten und danach behandelt würde ... Man hat Beispiele, daß in solchen Fällen auch ein falscher Verdacht zur Wahrheit geworden ist. — Doch fort, ich glaube die Seifenblase will eben bersten. (ab.)

Arthur (hinter der Scene).

Höll' und Teufel, — Gertrud!

Evy (hinter der Scene).

O Himmel, Arthur! Ich bin verloren.

(stürzt aus der Thür und entflieht.)

Arthur (hinter der Scene.)

Nichtswürdiger Schurke!

Sloughby (springt aus dem Fenster).

Das soll ein sentimentaler Kopfhänger sein und droht einen auf dem Fleck zu erschießen?

Arthur

(aus der Thür, eine Pistole auf Sloughby anlegend).

Hallunke, steh, oder ich schieße dich nieder.

Sloughby

(schon im Hintergrunde, sich im Gebüsch deckend).

Beruhigt euch, Herr. Um alle eure Nebenbuhler bei der todtzuschießen brauchtet Ihr 'nen Centner Blei. (ab.)

Arthur.

Die Bäume sind so grün wie zuvor, der Himmel blaut und die Wölkchen zerrinnen im Sonnenglanz, als ob gar nichts geschehen wäre! — Die Natur ist eine herzlose Lügnerin! — Die Bildung eines Engels zu verschwenden an eine Metze! — Schon einmal

glaubt ich genug geschaut zu haben vom Sanctveits-
tanz der Menschen um die Altäre des goldenen Kalbes.
Daß es Menschen geben müsse, wie meine Einbil-
dungskraft sie schuf, Menschen, die nach hohen Mustern
lebten, — diesen meinen Glauben verwarf ich schon
einmal als Narrheit. Da fand ich Gertrud, — und
wieder lächelte die Welt mich an mit einem Gottes-
antlitz voll Gedanken der Weisheit und Liebe. Die
Heuchlerin entlarvt sich und auch diese Gottesmaske
fällt. Die Natur starrt mir entgegen als Medusen-
haupt, dessen Gleichgültigkeit nur noch gräßlicher wird
durch seine Schönheit. — Verwandle mich in Stein,
schönes Ungeheuer; denn das Fünkchen Himmelsgluth
in mir will erlöschen. Ich tauge nichts für diese Erde
und will sie nicht länger belasten.   (ab.)

Zweite Scene.

Platz in einem Park, umgeben von hohen Bäumen und ver-
wildertem Dickicht. In der dunkel überschatteten Mitte des
Hintergrundes das Piedestal einer Statue. Die Figur liegt
heruntergefallen in Stücken daneben. Rechts eine Steinbank.
— Fanny, Leslie, von rechts.

Fanny.

Nein, lieber Leslie, ich werde mich niemals verheirathen.

Leslie.

Und weshalb nicht, Fanny?

Fanny.

Ahnen Sie's nicht? Wissen Sie, was mir die Darstellung dämonischer Weiber besonders gut gelingen läßt?

Leslie.

Angebornes Talent.

Fanny.

Es wurzelt in angebornem Fluch. — Sie wissen doch, wo sich meine Mutter befindet?

Leslie.

In einer ländlichen Heilanstalt.

Fanny.

Für Geisteskranke.

Leslie.

Daß ich's vermuthet, will ich nicht leugnen. Ihr widernatürlicher Haß, ihre ruchlose Habgier weckten den Verdacht eines organischen Fehlers.

Fanny.

Und Sie boten Ihre Hand der Tochter einer Wahnsinnigen?

Leslie.

Welche der Mutter in Gestalt und Eigenschaften unähnlich ist bis zur Unbegreiflichkeit.

Fanny.

Auch wann ich die Ophelia oder meine letzte Scene als Lady Macbeth spiele? Es ist mehr, als nur Spiel, was dann die Zuschauer athemlos beben macht, es ist mein eignes Grausen, an einer kleinen dunkeln Keimstelle meiner Seele schon zu sein, was ich vorstelle. Meine bewunderte Meisterschaft beruht auf einer gräßlichen Furcht. Dies Leiden ist erblich. Und Ich sollte heirathen? Niemals.

Leslie.

Welche grundlose Selbstqual! Wann ich als Essex auf dem Schaffot niederkniee empfind' ich stets ein abscheuliches Schneiden im Nacken. Auf der Bühne fühlt sich jeder ächte Künstler völlig verwandelt in die Person seiner Rolle.

Fanny.

Wenn's nur auf der Bühne wäre! Auch außerhalb verfolgt mich schon eine fixe Idee. — Hören Sie mich an. — Von meinem Vater weiß ich nichts, wiewohl ich vermuthe, daß er in seiner Jugend ausgesehn wie das Miniaturbild in diesem Medaillon.

(nimmt dieses ab und gibt es Leslie'n).

Leslie.

Es ist einst mit Edelsteinen besetzt gewesen.

Fanny.

Diamanten. Vor Jahren, als wir noch in Provinzialstädten umherzogen, belauschte ich meine Mutter beim Herausbrechen derselben. Das Medaillon hab' ich ihr dann heimlich entwendet. Ich denke, dieser Diebstahl wird mir vergeben werden.

Leslie.

Woraus schließen Sie, daß dieser junge Mann Ihr Vater gewesen?

Fanny.

Oeffnen Sie die Kapsel der Rückseite, sie enthält ein zweites Portrait.

Leslie.

Mein Gott, das sind Sie selbst, Fanny, nur gekleidet und frisirt wie es vor etwa fünfundzwanzig Jahren Mode war.

Fanny.

Es wird somit meine Mutter vorstellen, wie sie damals ausgesehn.

Leslie.

Dann — — dann hat sie inzwischen ein völlig andres Gesicht bekommen. — Wie, Fanny — (b. S.)

nein, ich will meinen Gedanken vorläufig noch für mich
behalten. (laut) Hat Ihnen denn Ihre — Ihre Mutter
— niemals etwas mitgetheilt von Ihrem Vater?

Fanny.

Nein. Je bringender ich frug, desto hartnäckiger
schwieg sie. Als ihre Krankheit ausbrach — was
vorhergegangen ist Ihnen ja nicht unbekannt geblieben
— da fiel ein gräßliches Wort von ihren Lippen.
„Mögest du verdammt sein, rief sie, deines wirklichen
Bruders Buhle zu werden." — Seitdem lastet die
Angst vor diesem Schicksal auf meiner Seele wie ein
Orakelfluch der alten Tragödie. — Ruht mein Auge
mit momentanem Wohlgefallen auf den Zügen eines
jungen Mannes — alsbald ruft es in mir: „hüte
dich vor dem Sohne deines Vaters." — Fast all-
nächtlich und selbst bei Tage verfolgt mich der Traum,
daß Jemand mich herze und küsse. Dann fühl' ich
meine Lippen versengt von höllischem Feuer und laut
aufschreiend reiß' ich mich los aus der sündigen Um-
armung eines Bruders. — Sagen Sie selbst, Leslie,
ist das nicht schon eine Monomanie?

Leslie.

Sie sollen erlöst werden von diesem Alpdruck!
Ich entdecke Ihren Vater. Mein Entschluß ist gefaßt:

ich gehe selbst nach der Heilanstalt — Drentonmore
heißt sie ja wohl — um der Kranken das Geheimniß
abzulocken.

Fanny.

Ein hoffnungsloses Unternehmen! Stunden der
Vergessenheit sind das einzige Glück, das mir noch
erreichbar bleibt, und mit solchen Stunden erquickt
mich die Ausübung meiner Kunst. Darum kein Wort
mehr von diesem düstern Thema. Lassen Sie uns
spielen. Sehn Sie die umgestürzte Statue und das
leere Piedestal? Ich kannte diesen Platz und habe Sie
mit Absicht hieher geführt. Versuchen wir unsere erste
große Scene im „Neuen Pygmalion." Geben Sie
mir mein Tuch und treten Sie auf die Seite, bis
Ihr Stichwort kommt.

(legt, während Leslie in die Coulisse tritt, Hut und
Mantille auf die Steinbank und hüllt sich in
ihr weißes Tuch wie in ein griechisches Gewand).

Was soll ich, hoffen, oder ganz verzagen
Seit Bubenhand dies Marmorbild zerschlagen?
Mein Liebster schuf's, es war sein Meisterstück;
Zertrümmert sieht er nun sein höchstes Glück.
Ich selber war das Muster, das ihm saß,
Er nahm von mir des Leibes Schwung und Maaß;

Doch wuchs das Urbild unter seinen Händen,
Die jede Zier zur Schönheit selbst vollenden.
Von trüber Mischung schied er meinen Werth,
Zur Göttin ward ein sterblich Weib verklärt.
Mich übertraf, was er von mir entnahm
Und das umwölkte seinen Geist mit Gram.
Weil ich dahinter weit zurückgeblieben
Begann er mehr sein Bild als mich zu lieben
Und mit dem Wahnsinnswunsch sein Herz zu härmen
Den kalten Stein zum Leben zu erwärmen.

    In Trümmern liegt's, verstümmelt und geschändet,
Und Schwermuth hält des Liebsten Geist geblendet.
Genes't er nicht von dieser Seelenwunde,
So geht mein Freund, und ich mit ihm, zu Grunde.
    So will ich nun zum letzten Mittel schreiten
Und seinen Wahn durch seinen Wahn bestreiten.
Ich steige selbst auf dieses Piedestal   (thut es)
Und ahme nach sein steinern Ideal.
Er kommt, er glaubt, in seines Irrthums Banden,
Die Göttin sei durch Wunder auferstanden
Und fleht wie sonst in brünstigen Gebeten
Sie an, als Fleisch und Blut herabzutreten.
Ich nicke ja — er will von hinnen eilen, —
Ich werfe mich hinab an seine Brust —

Vielleicht vermag zu neuer Lebenslust
Der Freudenschreck den theuern Mann zu heilen.

Leslie

(den schwermüthigen Bildhauer spielend, von rechts;
geht langsam vorüber ohne auf Fanny zu achten).

Im Ohre summt mir fort und fort
Ein altes Lied, ein Warnungswort.

(singt)

Ich war in einen Stern verliebt
Der sich im Meere spiegelt
Und warf mich .in die Fluth hinein,
Das schöne Licht zu greifen.
Ach, was ich gesucht, ich armer Thor,
Steht weltenfern dort oben.
Was hier vom Himmel wiederglänzt, —
Wer greift es mit den Händen?

(aus der Rolle fallend und nach links hinausstarrend)
Ha, wer ist das?

Fanny.

Nicht doch, lieber Freund! Sie müssen diese Worte
sprechen wie entsetzt vor etwas Uebernatürlichem und
dabei die Augen auf mich richten.

Leslie.

Still, still! Dort kommt Jemand, in der Hand

eine Pistole. Er sieht ganz verstört aus. — Es ist
der junge Mann, den wir gestern bei der Probe neben
dem Director in der Loge sitzen sahen.

Fanny (ist zu ihm getreten).

Sie haben recht, der Verfasser unseres Stückes,
Arthur Morley, oder vielmehr, wenn der Morning
Star die Wahrheit sagt, Arthur Arden.

Leslie.

Was sagen Sie? Arden? Ein Bruder des Men=
schen, an den Ihre Mutter Sie verkaufen wollte? —
Aber sehn Sie, wie er die Pistole betrachtet!

Fanny.

Fürchten Sie nichts. So wenig, als Sie schwer=
müthig oder ich Marmor werden will, so wenig will
er sich erschießen. Am Vorabend eines Triumphes
ist noch Niemand zum Selbstmörder geworden. Ich
wette, er spielt, wie wir; er dichtet an einer neuen
Scene und setzt sich in die Lage des Helden, um sie
durchzuempfinden.

Leslie.

Er kommt hieher.

Fanny.

Treten Sie in's Gebüsch, wir wollen noch einma

anfangen und ihn überraschen mit einem Stück seines
Stückes.

(Leslie ab; Fanny steigt wieder auf das Piedestal
drapirt sich in ihr Tuch und nimmt eine plastische
Stellung an, in der sie regungslos verharrt).

Arthur (langsam von links).

Weshalb zaudert mein Finger am Drücker? Es
ist nicht die Furcht vor dem kurzen Schmerz, den doch
wahrscheinlich nur der bewußtlos zuckende Körper em-
pfindet. Es ist die Scheu vor dem Urtheil der Welt. —
Seltsamer Widerspruch! Aus Ekel an diesen erbärm-
lichen Menschen will ich fort — und dennoch muß
ich daran denken, daß die Meinung eben dieser Menschen den Selbstmord brandmarkt mit dem Stämpel
verächtlicher Feigheit. — Ich glaub', ich könnte mich
entschließen, das Dasein auszudulden — lediglich aus
eitler Scheu vor der Mißgestalt meines Schattens. —
Aber kann ich's nicht in meiner Schreibtafel hinter-
lassen, welche andere Furcht noch stärker ist? (schreibt)

Fanny.

O Gott, es scheint fürchterlicher Ernst!

Arthur.

So! — Einem Manne, der deutlich fühlt, wie
das grause Nachtgespenst des Wahnsinns schon Einlaß

fordernd an seine Schläfe pocht, muß dieser Schritt vergeben werden (erhebt die Pistole).

Fanny.

Halt ein, Pygmalion.

Arthur.

Ha, was war das? Wer sprach hier? (erblickt Fanny) Weh mir, es ist zu spät! Nicht mehr das Vorhandene seh' ich; die Ausgeburten meiner Phantasie werden leibhaftig. Die Natur fällt in Schwindel, meine Sinne brechen ihr Gesetz. Meine kranke Seele ist schon um= woben von den Fäden der fürchterlichen Spinne! — Tasten aber will' ich's, ob du Marmor bist, oder ein Truggespenst (will F. angreifen).

Fanny
(wehrt ihn ab mit einer gebieterischen Armbewegung).

Zurück!

Arthur (zurücktaumelnd).

Es ist geschehen. Der Dämon hält mich in seinen Krallen. Der Stein lebt und redet.

Fanny (heruntersteigend).

Fassung, Herr Arthur Arden. Als Gebilde Ihrer Kunst stand ich hier; aber ich bin ein Weib von Fleisch und Blut.

Arthur.

Lügt auch mein Ohr? Bist du mehr als Spiege=
lung und Wiederhall meiner Traumwelt?

Fanny.

Erkennen Sie meine Stimme nicht wieder?
Ich nicke ja — er will von bannen eilen
Ich werfe mich hinab an seine Brust —
Vielleicht vermag zu neuer Lebenslust
Der Freudenschreck den theuern Mann zu heilen.

Arthur.

Meine Verse! Sie sind die Schauspielerin Fanny
Simson.

Fanny.

Welche dem Himmel dankt, daß er sie erwählte
ein zukunftreiches Leben zu erhalten.

Arthur.

Mein Leben ist hoffnungslos verwüstet.

Fanny.

Die Kunst nur macht das Leben lebenswerth.

Arthur.

Sie verdirbt es mit ihren schönen Lügen. Wer
Nectar und Ambrosia gekostet, dem sind Wein und
Brot verleidet.

Fanny.

Das kann derselbe Dichter sagen, der seinen Pygmalion so glücklich genesen läßt von eben diesem
Wahn?

Arthur.

Der Schluß des Stückes ist falsch; Pygmalion
muß wahnsinnig werden.

Fanny.

O Gott, auch Er!

Arthur.

Was erschrecken Sie?

Fanny.

Es ist nichts. — Geben Sie mir Ihr Ehrenwort, Ihrem frevelhaften Vorsatz zu entsagen.

Arthur.

Sie wissen nicht was Sie fordern.

Fanny.

Versprechen Sie mir nur, bis morgen um Mitternacht zu leben.

Arthur.

Und dann?

Fanny.

Wird der Erfolg Ihrer Dichtung Ihnen sagen,
daß Sie nicht sterben dürfen bevor Sie unsterblich sind.

5

Arthur (bitter).

Sie sind eine schlaue Sirene, Sie richten Ihr Zauberlied an meine Eitelkeit. Sie kennen meinen Namen, wissen vermuthlich daß ich der Sohn eines Lords und Millionärs bin. Mit mir ist nichts anzufangen, reizende Fanny. Und wenn Sie die Fleischwerdung der Göttin noch so gut spielen, ich tauge nichts mehr zu Ihrem Pygmalion.

Fanny.

Sie müssen sehr unglücklich sein! — Ich vergeb' Ihnen diese Lästerung. — Armer Mann! Es gibt noch Herzen, die das Goldfieber nicht zerfressen hat. Es gibt noch Seelen welche glauben an einen göttlichen Beruf des Menschen und sich Mühe geben, gut, edel und schön zu sein, weil das Gelingen ein Genuß ist den alle Schätze der Welt nicht erkaufen.

Arthur (b. S.).

Wart', ich will dich prüfen! Bald stehst auch Du vor mir als entlarvte Buhlerin. (laut) Zeigen Sie mir nur Eine solche Seele, und ich nenne die Erde ein Paradies.

Fanny.

Nicht das Wort, nur die That kann sie zeigen. — Wollen Sie leben?

Arthur.

Wollen Sie mein Leben lebenswerth machen?

Fanny.

Ich zweifle nicht, daß wir einander erfolgreich
fördern können in unserer Kunst . . .

Arthur.

Sie wollen meine Freundin sein?

Fanny.

(In gleichem Maaß immer scheuer als Arthur wärmer und
bringender wird.)

Ihre Freundin — gern — wenn ich's kann.

Arthur.

Ihre Hand darauf.

Fanny (zurückweichend).

Ich will's versuchen. Wer könnte Freundschaft
fest versprechen bei der ersten Begegnung? — Lassen
Sie sich mein Wort genügen. (Da er ihr näher kommt
und ihre Hand ergreifen will, aufgeregt) Kommen Sie mir
nicht näher! Achten Sie die geweihte Priesterin der
Kunst!

Arthur.

Wenn ich leben soll müssen Sie mir ersetzen was
ich verlor.

Fanny.

O Gott — was — (ängstlich) Keine Berührung!
— was verloren Sie?

Arthur.

(Ihre Hand dennoch ergreifend und sie gewaltsam festhaltend.)
Meine Geliebte, meine Braut.

Fanny.

(Heftig bemüht sich loszureißen und völlig außer sich.)
Weh mir, mein Traum!

Arthur.

Was ist Ihnen, Fanny?

Fanny.

Blicke fort — dein Auge versengt mich! — Laß
mich los — deine Hand brennt wie Verdammniß. —
Hinweg von mir, Frevler (ihn von sich stoßend, in raschem
Abgehn, rechts, wo ihr Leslie entgegenkommt), ich bin deine
Schwester.

Arthur.

O Gott, sie ist wahnsinnig!

Vorhang fällt rasch.

Dritter Aufzug.

Erste Scene.

Vorzimmer Fanny's.

Palmer, Leslie.

Palmer.

Was Sie mir von dem Medaillon sagen bestätigt unsere Vermuthungen. Wir müssen es Sarah'n zeigen; vielleicht entlockt es ihr weitere Bekenntnisse.

Leslie.

Ich will es nach Drentonmore mitbringen.

Palmer.

Wann kommen Sie?

Leslie.

Heute geben wir ein neues Stück, Fanny spielt eine Hauptrolle. Heute darf sie nichts davon hören, es könnte sie unfähig machen. Es ist ein Glück, daß ich Sie hier aufgefangen habe. Wir probten eben eine

Scene in Gegenwart des Verfassers. Morgen will ich ihr die Fragen vorlegen und Ihnen die Antworten selbst hinaus bringen.

Palmer.

Ueber den Ausbruch der Krankheit Sarahs haben Sie wohl selbst etwas verlauten gehört?

Leslie.

Die habgierige Alte machte den Versuch, ihre angebliche Tochter zu verkaufen. Es stellte sich ein Bewerber ein der durch kecke Munterkeit Fanny'n anfangs zu gefallen wußte. Sie wies ihm aber die Thür, sobald Sarah ihr bezahltes Einverständniß verrieth. Darauf scheint es zu einem leidenschaftlichen Auftritt zwischen ihm und der Alten gekommen zu sein. Man fand Sarah mit blutendem Kopf am Boden ihres Zimmers liegen, in ihrer Hand einige Goldstücke. Damals stieß sie die gräßlichen Worte aus vor deren Erfüllung Fanny sich ängstigt. Das war der Anfang vom Wahnsinn Sarah's. — Aber was ist Ihnen?

Palmer.

Freund, wir stehen dicht vor der Entdeckung! Wer war jener Bewerber?

Leslie.

Ich weiß nicht ob ich seinen Namen nennen darf ohne Fannys Erlaubniß.

Palmer.

Er ist der Mittelpunkt aller Phantasieen Sarah's. Er und kein anderer muß ihr Sohn sein, der untergeschobene, zu dessen Gunsten sie Fanny deren Aeltern gestohlen hat.

Leslie.

Weh, was sagen Sie! Dann wäre ja Fanny eine Gräfin und für mich hoffnungslos verloren!

Palmer.

Und deshalb wollen Sie schweigen?

Leslie.

Kennen Sie mich so schlecht? Ich liebe Fanny; ihr Glück ist mein Gesetz, ob es auch das meinige vernichte. — Jener Mann ist Thomas, der zweite Sohn Lord Ardens.

Palmer.

Höchst wunderbar! Im Auftrage Lord Ardens eben bin ich nach London bestellt, um ein ärztliches Gutachten abzugeben über den Gemüthszustand eines jungen Mannes.

Leslie.

Halt, kein Wort mehr! Ich höre die Stimmen Fannys und ihres Gastes. Hinweg Freund! Draußen erst sag' ich, wer dieser Gast ist. — Ein Verbrechen liegt enthüllt vor uns! — Ihr Wort läßt mich ein zweites noch verruchteres ahnen, dessen Vollendung wir vielleicht noch verhindern können. (beide ab.)

Fanny, Arthur t. a. v. r.

Arthur.

Sie haben keine Lebenswärme, nur noch Kunst= feuer; Sie können nicht mehr sein, nur noch dar= stellen. Sie sind Bildhauerin mit Ihrem eignen Fleisch und Blut: lebenswahr nimmt es jede Form an, — aber es ist kalt geworden wie Erz und Mar= mor. Sie haben alle Leidenschaft verbraucht als Farbe um Leidenschaften zu malen; Sie haben erdichtete Ge= fühle nachgeahmt bis Ihnen alles eigene Gefühl ver= loren gegangen ist. Sie rissen mich aus der Hölle, um mich erfrieren zu lassen.

Fanny.

Schelten Sie, schelten Sie, wenn es Ihr Herz erleichtert! — Ganz unrecht mögen Sie nicht haben. Ihr Dichter beschwört Schatten herauf und wir sollen sie beleben: Wie können wir es anders, als indem

wir sie tränken mit unserem Herzblut? — Dennoch
sind hier einige ächte Tropfen übrig geblieben.

Arthur.

Geben Sie mir diese Neige. Sie riefen mich
zurück von der Schwelle der Schattenwelt; — machen
Sie mich nun auch wieder leibhaft.

Fanny.

Verlangt man Kohl von seinem Blumenbeet?
Verwendet man einen Edelstein zum Feuerschlagen?
Der Poet und die Künstlerin können einen schöpfe-
rischen Freundschaftsbund schließen und mit verdop-
pelter Kraft nach Unsterblichkeit ringen: — und Sie
begehren, wozu nichts weiter erforderlich ist, als Mann
und Weib? (stolz) Meinen Sie, daß Wir zwei nichts
Besseres mit einander anfangen können, als eine Lieb-
schaft? Ich fühle etwas für Sie, das müttterlicher
Zärtlichkeit ähnelt; lieben aber, auch wenn ich's
überhaupt könnte, würd' ich Sie niemals; — jede
Faser in mir bebt zurück vor dem bloßen Gedanken.
Bei Gott, ich biete Ihnen mehr, als Sie fordern.
Wollen Sie meine Freundschaft, so schlagen Sie ein.

Arthur.

Sei es denn. Die Sonne ist hinunter — auch der
kalte Mondschein ist besser als schwarze Finsterniß.

Fanny.

Jetzt befolgen Sie meinen Rath. Gehn Sie zu Gertrud.

Arthur.

Verlangen Sie das nicht! Es brächte mich in Versuchung einen Mord zu begehen.

Fanny.

Ihre Schilderung läßt mich durchaus keine geldgierige Speculantin erkennen, sondern ein natürliches Mädchen von seltner Aufrichtigkeit. Sie hat nur ihre Freude darüber nicht verhehlen mögen, daß der Geliebte zufälligerweise auch ein reicher Mann ist. Daß sie sich weggeworfen ist mir undenkbar.

Arthur.

Das eben ist das Schreckliche, daß mir ein Undenkbares von meinen Augen und Ohren bezeugt wird! Haben Sie Mitleid mit meinem Verstande, erinnern Sie mich mit keiner Sylbe mehr an das Unmögliche und dennoch erlebte. Es hat mir die Welt in einen rasenden Wirbel aufgelöst. Wollen Sie wissen, wie sie mir aussieht? Stellen Sie sich vor, auf der Oberfläche einer Mörtelgrube voll breiweichen Kalkes wäre gleichwohl ein Gemälde ausgeführt, und nun geriethe der Kalk ins Kreiseln. Das Antliz einer

Madonna verzerrt sich zu buhlerischem Grinsen und ihr Kopf setzt sich auf den Rumpf eines Teufels mit Pferdefüßen. — Draußen schienen mir die Bäume nicht zu stehen, sondern herabzuhängen; die Erde war nicht Fußboden, sondern Saaldecke, in welche sie angstvoll ihre Wurzeln krallten um nicht hinunter zu fallen in den himmelblauen Weltenabgrund; — und ich selbst, hier im Zimmer auf der Diele schreitend, komme mir vor, als liefe ich, den Kopf nach unten, wie eine Fliege an der Decke hin.

Fanny.

Armer Freund, ich verstehe das. Der Segen einer mächtigen Phantasie wird im Leiden zum Fluch. Wenn sie mit uns schaltet in der Wirklichkeit ist sie eine qualvolle Zauberin, eine tückische Teufelsgewalt. Sie kehre dahin zurück, wo sie beseligend schafft als eine Gottheit voll Liebe und Gerechtigkeit, sie kehre zurück in's heitere Reich der Kunst.

Arthur.

Ja Fanny, die Kunst und Sie sind die beiden ruhenden Pole im chaotischen Wirbel, der mich ver= schlingen will. Wehe mir, wenn auch die ins Krei= seln geriethen! Wehe mir, wenn auch mein junger

Glaube an Sie, theure Fanny, sich erweisen sollte als Aberglaube!

Fanny.

So beschwör' ich Sie, machen Sie aus mir kein Götzenbild; auch ich bin ein schwaches Menschenkind.

Arthur.

Wehe mir, wenn Ihr Trost sich eitel erwiese, wenn mein Vertrauen auf meine Dichtung sich ebenfalls herausstellte als grundloser Wahn, wie Alles, Alles, was ich gefühlt, gedacht, geglaubt habe. Eine Niederlage, Fanny, heute Abend — und Sie würden sich ewige Vorwürfe machen, diesen Finger am Drücker der Pistole gehemmt zu haben.

Fanny.

Getrost, siegen werden wir, und hoffentlich schon heute; doch läßt sich das nicht verbürgen. Der kleinste Zufall, die erbärmlichste Kabale kann ein Stück zum Fall bringen; aber es dauernd niederzuhalten vermögen keine Ränke wenn es gediegen ist und gute Schauspieler entschlossen sind, es durchzusetzen. Wir sind es. — Aber nun gönnen Sie mir Sammlung. In einer Stunde muß ich in's Theater. Ade, lieber Freund, und Glück auf! Es gibt nur einen Weg, der den Genius emporführt in's Paradies der Unsterblichkeit: aus der Hölle der Schmerzen durch das Fegefeuer der Arbeit. (ab.)

Arthur.

O daß ich wieder schaffen könnte! Sonst behält mich die Verdammniß. (Thomas t. a.).

Thomas.

Richtig, da bist du. Dacht' es mir wohl, daß du Trost suchen und finden würdest bei der schönen Fanny. So gefällst du mir. Nur ein Narr zergrämt sich um ein Mädchen. Falsch sein ist Weibernatur. Rasch von einer Andern verlangen was sie geben können ist der beste Balsam für den Schmerz der Enttäuschung, wenn man gesucht hat, was bei Frauenzimmern nicht zu finden ist.

Arthur.

Wie kommst du hieher?

Thomas.

Ich suchte dich, und es bedurfte geringen Scharfsinns um dich hier zu vermuthen bei der Primadonna deines Stückes.

Arthur.

Was willst du von mir?

Thomas.

Verschiebe die Aufführung um einige Tage.

Arthur.

Unmöglich. Warum?

Thomas.

Ich fürchte, man will dir einen Streich spielen. Der Vater hat mehrere Dutzend Billete an verdächtige Leute vertheilen lassen, und bei seiner Verstimmung schwerlich in der Absicht, den Beifall zu vermehren. Das Manöver zu wiederholen wird ihm zu kostspielig sein, auch haben wir dann Zeit zu Gegenanstalten. Laß Fanny plötzlich heiser werden.

Arthur.

Will mich mein Vater zu Grunde richten, so möge Er es verantworten vor seinem Gewissen, — Dreißig Menschen sind übrigens nicht das Publikum.

Thomas.

Nun — Ich habe dich gewarnt. — Uebrigens will ich mit etlichen Kameraden aus Leibeskräften klatschen.

Arthur.

Nur nicht zur Unzeit. — Aber sage mir, wie hast du hier ohne Weiteres eintreten können? Sonst ist Fanny's Wohnung fast unzugänglich; — der Portier, weiß ich, hat gemessenen Befehl ... Was lächelst du so geheimnißvoll und spöttisch?

Thomas.

Ist es dir so unbegreiflich, daß wir alte Bekannte sind?

Arthur.

Wir? Wer?

Thomas.

Je nun, ich und — der Portier.

Arthur.

Mensch, was willst du mich ahnen lassen? Daß ich auch hier im Begriffe war, mich wegzuwerfen?

Thomas.

Ob du das warst mußt Du wissen. Ich sagt' es dir schon einmal, auch ich bin kein Schneemann.

Arthur.

Rede deutlich. Du behauptest, Fanny . . .

Thomas.

Es ist recht spaßig, daß wir beide, bei aller Verschiedenheit, so gleichen Geschmack haben und durch ein neckisches Schicksal bestimmt scheinen, gleichsam Einer in des Andern abgelegte Schuhe zu schlüpfen. Denn ich nehm' es nicht so genau und will es dir gar nicht verhehlen, deine ewige Liebe von gestern hat es mir angethan. Ich finde Gertrud . . .

Arthur.

Schweige von ihr wenn du mich nicht wahnsinnig machen willst. Fanny, sagst du . . .

Thomas.

Nun ja, ich kenne sie, wenn du es durchaus wissen willst. Vor der Zeit freilich ward mir die hübsche Tochter verleidet durch ihr Scheusal von Mutter. Denke dir, die rückte heraus mit Heirathsvorschlägen! Ja, die garstige Vettel hatte die Frechheit mit schwiegermütterlicher Zärtlichkeit pränumerando handgreiflich zu werden. Schaudernd bei ihrer Liebkosung stieß ich sie zurück, und im Krampf meines Ekels heftiger als nöthig war. Sie fiel sich den Kopf blutig. Seitdem hab' ich Fanny's Schwelle nicht mehr betreten. Den Brief — er wird nicht das erste Anerbieten ihrer Waare gewesen sein — den Brief der alten Kupplerin kann ich dir zeigen; komm nur nach Hause.

Arthur.

Es gibt einen kürzeren Weg, dich der Lüge zu zu überführen.

Thomas.

Was willst du thun?

Arthur.

Fanny. in deiner Gegenwart fragen.

Thomas.

Gut, rufe sie. Mir soll es nicht ankommen auf einen peinlichen Auftritt, wenn es zu deinem Besten ausschlägt; denn dann ist der Zweck meines Kommens erfüllt.

Arthur.

Was meinst du?

Thomas.

Heut Abend spielen wird sie dann weder wollen noch können.

Arthur (umkehrend.)

Du hast recht. So komm nach Hause. Doch sieh dich vor, daß du nicht mit in die Hölle fährst, falls unter meinen Füßen auch die Pflastersteine hinwegsinken sollten.   (Beide ab.)

Zweite Scene.

Bibliothekzimmer Lord Ardens.

Lord Arden (mit einem Armleuchter v. rechts).

Muß denn Arthur durchaus ein Kuckuk sein, den mir der poetische Lord in's Nest gelegt hat, weil er Verse macht und ihm flüchtig ähnelt? Hab ich nicht für eine andere Erklärungsart ein lebendiges Exempel an Thomas? Er ist geboren ohne Mitleid, ohne

6

Schaam, ohne Gewissen. Wie der Kauz Mäuse fängt,
wie die Kreuzspinne ihr Netz strickt und Fliegen würgt,
so betreibt dies menschliche Raubthier seine Jagd als
Naturberuf und in ungetrübter Heiterkeit des Herzens.
Er ist wirklich das Muster von Ruchlosigkeit, zu
welchem Sarah mich erziehen wollte. Ja, gleicht er
nicht oft zum Erschrecken auch in Blick und Gebärden
dem schönen Teufelsweibe, das mich einst entzündet
mit höllischer Leidenschaft? — Gleichwohl ist auch
dieser Thomas der Sohn der mondscheinsanften Karoline. — Konnte, zur lebendigen Strafe meiner Sün-
den, Sarahs Bild und Character aus meiner Seele
durch ein Naturgeheimniß übertragen werden in den
Schooß Karolinens: konnte dann nicht eben so gut
auch Arthurn ein Schatten von Aehnlichkeit anfliegen
durch das Schwärmen meiner Gemahlin für einen
weltberühmten Dichter? — Damit will ich mich beruhigen. — Vermöcht ich nur den verwünschten Verdacht wieder los zu werden! — Ich will dennoch
das Buch mitnehmen, nach welchem ich herkam. —
Da steht es: Lord Byrons vermischte Gedichte. Wenn
er mit Karolinen ein Verhältniß gehabt, so würde er
sicherlich auch Verse darauf gemacht haben. — (blätternd)
Wahrhaftig! — an Karolinen — an dieselbe — an

eben dieselbe — Ha! was ist das? Ein vergilbtes Blatt — die Handschrift des Lords — auch an Karolinen. (liest.)

Ein Frevel war es daß man dich gezwungen ... Ich kann nicht weiter lesen, die Buchstaben flimmern durcheinander. Meine Seele schaudert vor dem Gift und kneift krampfhaft ihre Lippen zu, die Augenlider — Aber kosten müßt ihr's, und sollt' ich euch mit den Fingern aufreißen. (ab.)

(Ein Diener, Licht tragend, t. a., nach ihm Thomas, beide von hinten links.)

Thomas.

Ist Herr Kemble, unser Sachwalter gekommen?

Diener.

Er wartet unten mit einem Doctor Palmer.

Thomas.

Führe die Herren hieher.

Diener.

Sehr wohl. (ab.)

Thomas.

(Nimmt rasch das Licht und tritt an den Bücherschrank.)

Mein Köder ist verschluckt, bald wird der Hecht an seiner Schnur toben. — Das war ein Höllenlärm im Theater! Ich habe zwei Paar Handschuhe

in Fetzen geklatscht und so oft ich applaudirte zischten
und pfiffen Sloughbys Leute wie tausend Teufel.
(Kemble und Palmer treten ein) Guten Abend, meine
Herrn; verzeihen Sie die späte Stunde. Vorzugs=
weise Nachts pflegen die Störungen einzutreten für
welche ich im Auftrage meines Vaters um Ihr (zu
Palmer) Gutachten und um Ihr (zu Kemble) Zeugniß
bitten soll. Mein armer Bruder befindet sich in einer
Gemüthsverfassung, welche das Schlimmste befürchten
läßt. Er spricht ohne Zusammenhang; Ausbrüche
wilder Leidenschaft sind nicht selten und auch Ich kann
sie mir nur theilweise erklären.

Palmer.

Kennt man die Anlässe seiner Aufregung?

Thomas.

Er hat sich geschwächt durch nächtliche Arbeit. Er
hatte — ich darf nun wohl sagen das Unglück, mit
einer dramatischen Erstlingsarbeit vielen Beifall zu
ärndten. Seitdem ließ ihn der Ruhm Shakespeares
nicht mehr schlafen. Denn Sie, meine Herren, haben
schwerlich einen Begriff von der dämonischen Gewalt,
mit welcher die Bretterwelt Jeden an sich reißt, der
von ihr aus auch nur einmal auf das Publicum ge=
wirkt hat. Monate lang hat er seine Nächte ver=

schwendet an ein neues Stück und die Aufführung
mit Leidenschaft betrieben gegen den Rath aller Kenner,
die es für mißlungen erklärten, wie sich das heute leider
bewährt hat. Mitten in diese markverzehrende Unruhe
ist eine bittere Enttäuschung hineingeschlagen: ein
Mädchen, das er in seiner Leichtgläubigkeit anbetete,
hat sich als unwürdig erwiesen.

Palmer.
Gefährliche Schläge selbst für einen festen Kopf.

Thomas.
So hat sich ein Rädchen seines Denkwerks ver-
schoben. Indeß bin ich überzeugt, daß einige Wochen
völliger Muße und Ruhe in ländlicher Einsamkeit hin-
reichen werden, ihn herzustellen.

Palmer.
Der Versuch ist unbedenklich.

Thomas.
Aber schwierig. Er will nicht. Wir haben keinen
Einfluß auf ihn. Ein Rath von uns genügt, ihn
starr auf dem Gegentheil bestehen zu machen. Zum
Zwange sind wir nicht berechtigt ohne Ihr Urtheil,
meine Herrn. — Handfeste Leute, Transportmittel
sind bereit. Entscheiden Sie, ob zur Anwendung ge-
schritten werden muß. — Ich will meinen Vater von

Ihrer Anwesenheit unterrichten. Wenn mein Bruder heimkehrt können Sie ihn aus diesem Nebenzimmer unbemerkt beobachten. (ab.)

Palmer.
Sie kennen den jungen Mann?

Kemble.
Ein überspannter Kopf, den man längst Ihrer Behandlung hätte anvertrauen sollen.

Palmer.
Er ist der älteste Sohn Lord Ardens?

Kemble.
Aber zum Leidwesen des Vaters wenig geeignet für die ererbte Aufgabe.

Palmer.
Somit würde, wenn sich sein Aufenthalt in unserer Anstalt verlängern sollte . . .

Kemble (rasch einfallend).
Niemand darunter zu leiden haben, Niemand. Ihre Bedingungen bin ich ermächtigt zu bewilligen ohne Feilschen. Was meinen Sie, werden 500 Pfund Sterling — doch wie gesagt, ich schlage nur vor und es ist nicht mein letztes Wort — genügend sein für das erste Jahr?

Palmer.

Reichlich. Auf ein Jahr also macht man sich im
Voraus gefaßt?

Kemble.

O, man setzt Ihnen durchaus keine Frist, — im
Gegentheil — — Sie können die Beträge jedesmal
pränumerando bei mir erheben. — Er soll in keiner
Weise Mangel leiden; doch verzichtet man, im Vertrauen auf Sie, auf jede Controle; denn Sie werden
ohne Zweifel diejenige Behandlung anzuwenden wissen,
welche die zweckmäßigste ist.

Palmer.

Darauf können Sie sich verlassen. Wir verstehn
uns (b. S.) zum Glück nicht gegenseitig.

Kemble.

Wir wären somit im Voraus einverstanden? . .

Palmer.

Pränumerando.

Kemble.

Pränumerando! — daß er fort muß.

Palmer.

Es ist die einzige Möglichkeit ihn zu retten.

Kemble.

Die einzige entfernte Möglichkeit.

Palmer.

Still, es kommt Jemand; ziehn wir uns zurück.

(Beide ab links vorn.)

Arthur (t. a. v. links hinten).

Wenn ich sonst spät Abends nach Hause kam,
dann blinkte mir, unfehlbar wie der Polarstern auf
seinem Platze, aus dem Kellerfenster des Nebenhauses
das altmodische Lämpchen mit der Wasserkugel entgegen, bei welchem Wilkens, der achtzigjährige Schuh-
flicker, eigensinnig fortarbeitete. Heut auch das er-
loschen, die alte ehrliche Haut gerade heute gestorben! —
Weil ich nun weiß, daß ich gar nichts kann und, in
der Zuversicht, fast ein Meisterwerk zu schaffen, alber-
nes Zeug geschrieben, das man einstimmig auslacht,
so fuhr mirs durch den Kopf, beim Heimgehn vom
Theater, — einmal zu versuchen, ob der alte Wilkens wohl im Stande wäre, mir die schwere Kunst
beizubringen, wie man eine aufgetrennte Schuhsohle
gebührlich zurechtflicke. Gelang die Probe, so wollt'
ich zu leben versuchen und den Vater bitten um eine
Lehrlingsstelle im Comptoir. — Der alte Schlaukopf
hat es gewittert, daß ihm eine hoffnungslose Plackerei
bevorstand und sich eben zu rechter Zeit aus dem
Staube gemacht.

Was nun? Nochmals zur Pistole greifen? Es ist
zu spät. Selbst verzweifelt bin ich nicht mehr. —
Wunderliche Welt, die mir diese zehn Finger wachsen
ließ um Alles verkehrt anzufassen, und diese zwei
Augen, um Alles anders zu sehn als es ist, — hast
du doch vielleicht eine Absicht mit mir? — Eine
Motte, die im Winter ausgekrochen ist und zum Fenster hinausgeblasen wird, ist nicht unwissender was sie
soll in der finstern Unermeßlichkeit und wozu sich
Natur die nutzlose Mühe gegeben, ihre Flügelchen so
zierlich mit Schuppen zu besetzen, wenn sie, kaum
fertig geworden, in der kalten Schneenacht erstarren
müssen. (Setzt sich in einen Lehnsessel.) Hat der Wind
irgendwo eine Distel gesät, welche röther blühen würde,
wenn ich an ihren Wurzeln verwes'te, so werft mich
dahin, ihr dunkeln Erdmächte; ich füge mich wehrlos,
willenlos, ich habe keinen Wunsch mehr. — Keinen?
Doch. — Ich wünschte, die Scheingestalten, die sich
Menschen und Vater und Bruder nennen, würden mir
unsichtbar, die Welt vernebelte, ich sähe nichts mehr
als das Erinnerungsbild meiner Kindheit, meine schöne
Mutter, das einzige Wesen, das mich wirklich geliebt
hat, und ich selbst zerflösse allmälig wie die spiegelnde
Dunstschicht der Fata Morgana. (Bedeckt d. Gesicht mit

beiden Händen. Lord Arden, Thomas t. a. v. r.)
Komm, liebe Mutter, komm und küsse mich wach aus
diesem wüsten Traum, den sie Leben heißen.

Lord Arden (f. f.).

Er spricht von der Treulosen. (laut) Arthur!

Arthur.

Das ist deine Stimme nicht, gute Mutter.

Lord Arden.

Höre mich, Arthur.

Arthur (aufblickend).

Wer ruft mich? — Du bist es, der sich für
meinen Vater ausgab?

Lord Arden.

Ha, weißt du schon . . ?

Arthur.

Daß du dir Kosten gemacht hast, mich zu heilen
von dem Wahn ein Poet zu sein? Hättest sie sparen
können. Hunderte waren bereit, es unbezahlt zu be=
zeugen, daß du dich rühmen dürfest, einem hirnlahmen
Schwärmer das Dasein gegeben zu haben.

Lord Arden

Nicht Ich, nicht Ich; du bist ein Kuckuk.

Arthur (springt auf).

Was ist das? Sag's noch einmal. Vergiß aber

nicht, daß die Decke schwer genug ist, einen Schädel
zu zerschmettern und daß es noch Erdbeben gibt.

Thomas (b. S.).

Zeugen werden bedenklich — will ihre Aufmerk=
samkeit beschäftigen. (Hinter Lord Arden und Arthur herum
ab, vorn links.)

Arthur.

Ich ein Kuckuk sagst du?

Lord Arden.

Ich bin dein Vater nicht, ich bin schändlich be=
trogen worden.

Arthur.

Elender Goldknecht, du willst mich enterben. Thu's
ohne Vorwand, — brauchst es nicht zu bezahlen mit
deiner ewigen Verdammniß für die niederträchtigste der
Lügen. Zieh mich aus bis auf's Hemde, laß mich
nackt auf die Straße werfen —, es macht mich nicht
ärmer als ich bin. Aber stiehl mir nicht mein Letztes,
besudle mir nicht das Bild meiner Mutter, bei deren
opfernder Liebesthat mein Bewußtsein die Augen auf=
schlägt.

Lord Arden.

Ja, Dich liebte sie; aber ich habe Beweise....

Arthur.

Entweder mein Vater ist ein Schurke, oder meine Mutter eine . . .

Lord Arden.

Vollende nur.

Arthur.

Gib einem Weizenkorn Menschenseele, dann ist ihm zu Muthe wie mir, wann es zwischen zwei Mühlsteinen zermalmt wird.

Lord Arden.

Kopfhängerischer Narr, Ich soll dich wohl noch trösten, Ich, dem sie den Bastart aufbetrog zum Verhätscheln, mein Gold und die Liebe eines halben Lebens zu verschwenden an meine Schande? Höllische Verdammniß! Ich habe dich geliebt, fast lieb' ich dich noch. Aber jetzt reiß' ich das Unkraut aus meinem Herzen sammt der letzten Wurzel des Mitleids. — Hassen will ich dich und verfluchen und lachen wenn dich in Bettlerlumpen das Ungeziefer auffrißt bei lebendigem Leibe. Ich, Ich hab' ein Recht, rasend zu werden, Ich, der nichtswürdig bestohlene. Dir aber, du Diebsbrut, was hat es dir geschadet entsprungen zu sein aus Ehebruch?

Arthur (schrecklich auflachend).

Hi hi hi! Ich Einfaltspinsel! Voll Bombast zu
tragiren vom düstern Geheimniß des Daseins — und
es war ein Kinderfreund-Räthsel! Ursprungsneigung
heißt die Lösung. — Angebetete Gertrud, du bist 'ne
Metze! Bewunderte Fanny, eisige Kunst-Vestalin, —
du bist 'ne Metze! — Himmelsgestalt an meiner Wiege
— du warst . . . . Nein, sagen kann ich es nicht,
sonst würde der Geyer auffliegen, der seine Krallen in
mein Hirn geschlagen hat. — Sumpfschierling, du
wolltest Passionsblumen tragen? Vergiften ist dein
Beruf, Stinken dein Wohlgeruch.

Lord Arden.

Sprudle nicht Wahnwitz (Thomas tritt ein), sondern verwende für diesen Augenblick den ganzen Schil-
ling gesunden Menschenverstandes den du geerbt hast.
— Höre mich an. Du mußt mir aus den Augen
für immer. Du bist ein Kuckuk, aber vor dem Gesetz
mein Sohn, und ich muß für dich sorgen. Unter-
schreibe dies; du nimmst damit den Namen Morley
an, entsagst jedem künftigen Anspruch und empfängst
dafür zehntausend Pfund baar — in vier Wochen
sind sie durchgebracht — desto besser.

Thomas.

Ich protestire gegen diese Beeinträchtigung meines
armen Bruders.

Kemble (mit Palmer rasch eintretend).

Ich auch als Rechtsbeistand des Hauses. (b. S.)
Thomas wird seine Gründe haben.

Palmer.

Auch ich, als Arzt. Der junge Mann ist unzu-
rechnungsfähig.

Lord Arden.

Wer sind Sie? Was führt Sie her?

Kemble.

Ihr Herr Sohn hat uns herbestellt, in Ihrem
Auftrage, Mylord.

Lord Arden (dem Thomas etwas ins Ohr gesagt).

Ja so — ich entsinne mich.

Arthur.

Väterchen, ich kann dir die Adoption bezahlen;
denn vom Katechismus bin ich erlöst und schwöre zur
Schelmenfibel. Hast du nicht Verwendung für eine recht
verruchte Spitzbüberei? Assecurire Heuballen als Sei-
denwaaren; ich segle mit und bohre das Schiff an.

Lord Arden.

Willst du schweigen, Besessener?

Thomas.

Lieber Bruder, du mußt, um deine Gesundheit
herzustellen, für einige Wochen auf's Land.

Arthur.

Nein, in See, in See. Wie die Wellen begehr-
lich plätschernd um die Planken buhlen! — Hörst du
den Rattenzahn? Nicht doch, Ich weiß das besser. —
Nage, nage, du stählerner Todespförtner! — Hunderttausend Millionen Pfund und das Heil meiner armen
Seele muß ich zahlen für seine Vaterschaft, billiger
thut er's nicht.

Thomas.

Lieber Bruder, besinne dich.

Arthur.

Ach ich muß ja, liebe Mutter! — Bohre nicht,
bohre nicht, Arthur! sagt sie.

Lord Arden.

Bringt ihn auf sein Zimmer. (Thomas geht an die
Thür hinten links und winkt hinaus).

Arthur.

Hörst du's auch, Stiefpapa? — Sieh nur, da
sitzt sie auf einer schwarzen, flammendurchzuckten Rauch-
wolle — und ich bin doppelt, hier im untersten
Schiffsraum, bohrend, bohrend — und dort auf ihrem
Arm, dreijährig wie damals in Ardenstone (Palmer

macht eine Notiz in seine Schreibtafel), da sie mich aus
der brennenden Stube trug. Sie ist so bleich und
doch so schön, so wunderschön. — Mein Gott, ähnelt
sie nicht der Schauspielerin Fanny? — O, diese
Himmelsgestalt — und doch eine — Metze. —
(schreit) Au — er fliegt in die Wolken — mein
armes Hirn stäubt von seinen Krallen wie Rebhuhn=
federn — Verfluchter Geyer — O — eine Metze!
(Stößt einen Schrei aus und sinkt um. Thomas, Palmer
fangen ihn auf und legen ihn in den Sessel. Drei Männer
in dunkeln Mänteln treten ein.)

Lord Arden.

Thomas (zögernd) — versäume nichts was ihm
helfen kann.

Kemble.

Er muß fort in ein Irrenhaus, ich bezeug' es.

Palmer.

So ist es, Mylord; Ich bin Arzt von Fach.

Lord Arden.

Was nothwendig ist geschehe. (ab.)
(Thomas winkt den drei Männern. Dieselben breiten
eine Decke über Arthur und tragen ihn hinaus.
Thomas, Kemble folgen.)

Palmer.

Ich will ihn retten wenn Rettung noch möglich ist.

Vorhang fällt.

Vierter Aufzug.

Erste Scene.

Wohnung des Malers Walter.

Betsy, mit Reisetasche und Mantel, **Walter**, **Palmer**.

Walter.

Trage die Sachen in's Atelier. — Wo sind meine Frau und meine Tochter?

Betsy.

Oben. Frau Walter schläft noch. Soll ich das Fräulein rufen?

Walter.

Nein. Rasch zurück an die Hausthür. Herr Leslie und Fräulein Simson werden sogleich erscheinen; die laß ein, sonst Niemand. (Betsy links ab.)

Palmer.

Ich fürchtete schon, Sie würden unser Stelldichein verfehlen.

Walter.

Ja, der Sturm war arg; achtzehn Stunden brauchten wir zur Ueberfahrt. Zum Glück war ich einen Tag früher abgereist. Ihre Nachrichten ließen mir keine Ruhe. Was haben Sie Neues ermittelt?

Palmer.

Sarah Simson blieb hartnäckig stumm als Leslie sie auszuforschen versuchte. Da zeigt' er ihr das Medaillon mit den beiden Miniaturbildern, in denen ich auf den ersten Blick Ihre Malerei erkannt hatte. Rasend sprang sie auf und wollt' es ihm entreißen. — Auch Arthur ist ihr bekannt. Als ich ihr durch's Fenster den neuen Ankömmling zeigte brach sie aus in ein triumphirendes Hohnlachen. Nachher verhielt sie sich auffallend ruhig und fügsam. Ihre Lebens= kraft schien gebrochen, ihre Gelenke steif und unbeweg= lich. Es war Verstellung um unsere Wachsamkeit zu täuschen. Gestern bei der Morgenrunde fand ich ihre Wächterin unnatürlich schnarchend im Sessel. Sarah hatte ihr Opium beigebracht. In deren Mantel und Hut ist es Sarahn gelungen, auf der Station ein Billet hicher nach London zu erhalten. Die Polizei ist aber bereits auf ihrer Fährte. Von deren Agenten ist auch Kemble, der Helfershelfer des Bösewichts,

unentrinnbar umgarnt, ohne etwas davon zu ahnen. —
Doch da kommen unsere Bundesgenossen.

(Fanny, Leslie t. a. d. b. M.)

Fanny (rasch zu Walter tretend).

Mein Lebensloos hängt an Ihren Lippen. Haben
Sie diese Bilder gemalt? (gibt ihm das Medaillon.)

Walter.

Ja, vor etwa fünfundzwanzig Jahren.

Fanny.

. . . und dazu gesessen . . . ?

Walter.

haben mir der jetzige Lord Arden und seine Gattin
Karolina.

Fanny.

Erlöst, erlöst von der Verdammniß, ein wahn-
sinniges Scheusal für meine Mutter zu halten! (zu
Leslie) Treuer Freund, ich bin die Ihrige.

Leslie.

Keine Uebereilung! Der Freund ist treu genug,
Sie auch davor zu warnen. Der Schauspieler Leslie
darf nicht hoffen auf die Gräfin Arden.

Fanny.

Ich bleibe was ich bin und Dein. — Erst jedoch
retten wir — meinen Bruder.

Walter.

Und entlarven den Verbrecher.

Leslie.

Hiefür bringen wir wichtige neue Nachricht. (Ein Billet zeigend) Friedensrichter White trifft noch heute hier ein. Er schreibt mir, daß bei Drentonmore ein Auswandererschiff gestrandet. Unter den Geretteten befinden sich Evy und Sloughby, dieser mit zerbroche= nen Rippen. Schon liege ein Geständniß beider vor, wie sie Arthurn durch eine falsche Gertrud getäuscht; doch scheine Sloughby noch weit mehr auf dem Ge= wissen zu haben.

Palmer.

Nur zu der Hauptschurkerei des Ungeheuers fehlt uns noch der Schlüssel. Wenn Thomas in Ihre Tochter verliebt ist, könnt' ihm diese vielleicht das Geheimniß entlocken.

Walter.

Ich fürchte, das Mittel dazu geht gegen ihre Natur. Mir, dem Vater, widersteht der Gedanke, ihr das auch nur vorzuschlagen.

Fanny.

Ich will es thun, und ich kenne das Mittel, auch die taubenhafte Unschuld heucheln zu lehren.

Walter.

Das ist ihr Schritt.   Fort, Freunde.

(Mit Palmer und Leslie links ab.)

Gertrud.

(Von rechts, mit einer Stickerei, Fanny noch nicht
wahrnehmend.)

Wüßt ich nur wo er ist, längst hätt' ich ihn auf=
gesucht; aber Thomas verschweigt es hartnäckig und
redet der Mutter vor, Arthur habe eine Liebschaft
angeknüpft mit der Schauspielerin Fanny Simson.
(Fanny tritt aus dem Hintergrunde hervor). Was seh' ich
— Sie hier, Fräulein Simson?   Wen suchen Sie?

Fanny.

Ihre Freundschaft.   Noth ist ein starker Kitt;
Hülfe in der Noth komm' ich suchen und bieten.

Gertrud.

O Sie wissen von Arthur — er ist krank —
Kommen Sie, hin zu ihm — Was halten Sie mich
fest?

Fanny.

Arthur ist gemüthskrank.

Gertrud.

O Gott — (Pause) ein schwerer Schlag! — Aber
ich stehe fest, mein Auge blickt klar. — Sie tragen

da deutsche Spitzen aus dem Erzgebirge. Ich will zu
Arthur — Sehn Sie, meine Hand zittert nicht, ich
kann diese Perlnadel einfädeln. — An's Innere des
Augenlides könnt' ich einem Kranken einen Blutegel
ansetzen.

Fanny.

Schwereres wird Ihnen zugemuthet. Ich spreche
im Einverständniß mit Ihrem Vater, er ist zurück.

Gertrud.

Mein Vater? Wo ist er?

Walter (in der Thür links).

Liebes Kind, handle! — Bleib, keinen Schritt.
Wir sind mitten in der Schlacht. — Erst siege —
dann einen Kuß. (ab.)

Gertrud.

Was muß ich thun?

Fanny.

Besucht nicht Thomas Ihr Haus beinahe täglich?

Gertrud.

Wird aber nur von der Mutter empfangen —
seit einiger Zeit.

Fanny.

Vermuthlich kommt er heute, und bald. Ich bin

ihm vorüber gefahren; er stand am Schaufenster eines
Juweliers. Was ist Ihnen? Wohin?

Gertrud.

Befehl geben, daß man uns verleugne.

Fanny.

Im Gegentheil, Sie sollen ihn freundlich empfangen. Es scheint, er fühlt für Sie, was bei einer
solchen Natur die Stelle der Liebe vertritt, etwa so,
wie die Tatzen des Tigers seine Hände sind. Sie
müssen heucheln, Komödie spielen, eine Viertelstunde
lang grundschlecht erscheinen, eine schaamlose Gesinnung
verrathen, als wär' es Ihre angeborne Natur, mit
heiterm Lächeln, ohne zu erröthen.

Gertrud.

Auch wenn ich wüßte, wie man das anstellt, ich
habe mich so nicht in meiner Gewalt.

Fanny.

Kommen Sie seinem Werben ermunternd entgegen.

Gertrud.

Beim bloßen Gedanken überläuft mich ein Fieber.

Fanny.

Waren Sie jemals in einem Spielhause, Southwark, Bricklane Nro. 101?

Gertrud.

Wie wissen Sie von dieser unbegreiflichen Geschichte? Daß dort ein Spielhaus sei war mir bis
jetzt unbekannt. Ein Zettel von fremder Hand be-
stellte mich dorthin zu meiner kranken Amme. Krank
fand ich sie, aber schreiben lassen hatte sie mir nicht.

Fanny.

Thomas hat Sie dorthin gelockt. Arthur, eben
dahin beschieden, hat Sie eintreten sehen. Aber er
schwört, Sie auch im Spielzimmer in schlimmster Gesellschaft mit eignen Augen erblickt zu haben.

Gertrud.

Unmöglich; dazu müßt ich mich verdoppelt haben.

Fanny.

Ganz recht, sie sind verdoppelt worden; man
hat eine Person von Ihrer Statur gleich Ihnen gekleidet und ähnlichgeschminkt. Arthur sollte Sie für
treulos und käuflich halten. Thomas that es nicht
Ihretwegen, sondern — um seinen Bruder wahnsinnig zu machen.

Gertrud.

Gerechter Gott — mir tanzen die Funken vor
den Augen.

Betsy (t. a. d. d. M.)

Herr Thomas Arden . . .

Gertrud.

Ich — wir — nein — . . .

Fanny.

Wird dem Fräulein sehr angenehm sein.

Gertrud.

Ja, sag's — aber geh langsam — halt ihn auf bis ich schelle. (Betsy ab.) Was soll ich thun?

Palmer (rasch von links).

Ich will's Ihnen sagen, ich bin der Arzt Arthur Ardens. Sein Tiefsinn hat keine leibliche Ursache, seine Organe sind gesund. Verruchte Tücke hat ihm Alles zerstört, woran ein Mensch von zartem Gemüth und beweglicher Einbildung glauben muß, wenn seine reichen Seelenkräfte nicht ihre Anordnung zur Vernunft verlieren sollen. Drei Heilmittel haben wir zur Hand: den Glauben an sein Talent, an die Freundin, an die Geliebte können wir ihm wiedergeben. Eine vierte unentbehrliche Arzenei wissen wir noch nicht zu bereiten. Die oberste Heilige im Gottesdienst seines Herzens ist seine Mutter gewesen. Jetzt hält er sich für die Frucht eines Ehebruchs, und es scheint, auch Lord Arden hat sich das einreden lassen. Es gilt

also zu ermitteln, wie Thomas diese kaum glaubliche
Verruchtheit angezettelt hat: (ab.)

Fanny.

Schwester, heilige Rache! Die menschliche Gerech=
tigkeit ist ohnmächtig gegen den Verbrecher von Genie;
aber er hat Sinne: Weiberwaffen können ihn besiegen.

Gertrud.

Still, es geht etwas Schreckliches in mir vor!

Fanny,

Denke, du habest schon Kinder, er wolle sie mor=
den, sie zu retten, ihn zu vernichten geb' es nur ein
Mittel: solche Liebe zu heucheln, wie Er sie zu be=
greifen vermag. Er selbst habe dich gelehrt, ihn zu
täuschen: scheine, wofür er dich ausgegeben damit
dein Arthur dich verachte.

Gertrud.

Hast du Schminke bei dir? (stampft mit dem Fuß
und richtet sich hoch auf). Nein, ich will roth sein!
Hinauf in die Wangen, rasendes Blut! — Mein
Herz springt umher in der Brust wie ein gefangener
Vogel in der Klappfalle. Versteinere, ich will es.
Haß, entflamme die Augen als wärest du tolle Brunst.
Geh, Fanny, lausche, aber binde dir die Hände fest,
um nicht zu klatschen. — Mir graut vor mir selbst.

(ihre Finger spreizend und beschauend) Sind mir nicht auch Krallen gewachsen? Ich wußte nicht, daß die Hälfte von mir Höllenstoff sei. Gertrud ist todt — da liegt die Larve des unschuldigen Mädchens — hier steht die stolze Teufelin, strahlend vor Bosheit. (schellt).

Fanny.

Herrliches Mädchen, du leuchtest Sieg! (ab).

Gertrud.

Herein, Tiger; hier wartet die schillernde Schlange.

Thomas (t. a. d. d. M.)

Sie selbst, schöne Gertrud, in ganzer Gestalt? Ich sehe heut nicht wie seit Wochen, den Zipfel Ihres Kleides in der Nebenthür verschwinden indem ich eintrete?

Gertrud.

Nehmen Sie Platz, Herr Arden.

Thomas.

Weshalb haben Sie mich gefürchtet?

Gertrud.

Fürchtet man immer was man flieht? Haben Sie noch niemals Furcht gehabt vor sich selbst, weil Sie Neues, Unerhörtes in sich entdeckten, wovor Sie erschracken, Haß, wo Zuneigung Ihre Pflicht war — und umgekehrt?

Thomas.

(f. f.) Glück auf! (laut) Ja, schöne Gertrud, Aehnliches hat auch mich angewandelt, und durch Ihre Schuld.

Gertrud.

Wie das?

Thomas.

Ich bin von Natur sparsam, — und plötzlich entdeck' ich in mir eine verschwenderische Ader. — Verstehn Sie sich auf Juwelen? Wie gefällt Ihnen dieser Halsschmuck? (öffnet und überreicht ihr ein Etui).

Gertrud.

Ah! (betrachtet den Schmuck, greift danach, um ihn herauszunehmen, zieht aber die Hand wie erschrocken zurück). Hinreißend prachtvoll!

Thomas (b. S.)

Ich traf den Herzensnerv. Sie ist mein.

Gertrud.

Zwei — vier — acht — sechzehn — zwei=, dreiunddreißig Solitaire und die zwei kleinsten am Nackenschloß mit dem fingergliedlangen Smaragd wenigstens noch ihre hundert Pfund jeder werth!

Thomas.

Ungefähr getroffen.

Gertrud.

Offenbar haben Sie Auftrag für eine Fürsten=
braut. Glückseelige Prinzessin! Im Lichtmeer eines
Ballsaals jede Hebung und Senkung des Busens zu
bezeichnen mit einem Farbenwechsel dieses kühlen uner=
schöpflichen Feuerwerks: — das muß überirdisch wonne=
voll sein.

Thomas.

So nehmen Sie ihn doch heraus, liebe Gertrud.

Gertrud.

Ich fürchte mich. — Wie schwer! — Welch ein
seltsam feines Rasseln! Es klingt wie vornehmes
Spötteln majestätischen Reichthums auf armseelig klim=
pernde Goldflittern.

Thomas.

Versuchen Sie doch, wie der Schmuck Ihnen steht.

Gertrud.

Ich? Mir? Darf ich? Werb' ich auch nicht ver=
brennen vor Vergnügen? (tritt vor den Spiegel) Ah!
— Juliette! (französisch auszusprechen) — „Frau Her=
zogin befehlen?" — Eine von den neuen Roben,
Juliette. — „Die von carmoisinrothem Sammet mit
Hermelin, gnädigste Frau Herzogin?" — Nein, Juliette

— zu schreiend zum Drawingroom der Königin — matte Farben, das ist distinguirter.

Thomas (b. S.).

Sie ist ganz verzückt. Sie hat Ehrgeiz. Herzogin! — Unmöglich ist nichts.

Gertrud.

Die von hellgrauem Moiré antique mit Valenciennes — hörst du, Juliette? — Meinen Sie nicht auch, lieber Herzog?

Thomas (lachend).

Nein, Purpur und Hermelin, meine schöne Herzenskönigin.

Gertrud.

O Gott, wo war ich? Was hab ich gesagt? Ich möchte vor Schaam in die Erde sinken. (Nimmt den Schmuck hastig ab und legt ihn in's Etui). Nehmen Sie Ihre schrecklich schönen Steine! Die bösen Geister der Tiefe sind darin eingesperrt und lugen heraus mit gierigen Flammenaugen nach einer Seele die sie verderben könnten. Ein verführerisches Prickeln dringt aus diesen Diamanten durch die Haut bis ins Herz. Das Gefühl, einen Taglohn von vielleicht hunderttausend Arbeitern auf seinem Busen zu schaukeln be-

rauſcht uns mit dem Wahn, hoch erhaben zu ſtehn
über der gemeinen Menſchheit.

Thomas.

Wollen Sie, Gertrud, und es iſt ſo. Ergreifen
Sie dieſe Hand, und wir fliegen dahin wie ein Adler=
paar über dem irdiſchen Ungeziefer.

Gertrud.

Nehmen Sie! — Etwas von meinem Glück iſt
unwiederbringlich dahin, ſeit ich dieſe Steine einen
Augenblick getragen habe.

Thomas.
Und warum nicht immer?

Gertrud.
(Starrt ihn an, läßt die Hand ſinken; der Schmuck fällt aus
dem Etui zu Boden.)

Thomas.
(Hebt ihn auf, ſpielt damit während des Folgenden, ihn wie
einen Kranz auf beiden Händen ausbreitend.)

Sie ſtarren mich ſprachlos an? Glauben Sie,
meine vernünftige Sparſamkeit ſei von nichts anderem
überwältigt worden, als vom Wohlgefallen am Ge=
glitzer dieſer Diamanten?

Gertrud.
Sie ſelbſt haben den Schmuck gekauft, für ſich?

Thomas.

Ja, gewissermaßen für mich. Ich sah, wie sich
die Halskette vom blaßrothen Sammet des Etuis mei=
nen Händen entgegenhob, wie sie als Sternenkranz
hing auf meinen beiden Daumen — so — wie da=
hinter Ihr stolzes Fürstinantliz, Ihr voller, blendender
Hals, theuerste Gertrud, auftauchte — und unwider=
stehlich wurde die Vorstellung, wie hold Sie erröthen
würden, wenn ich Ihnen das Geschmeide umhängte
— so —

Gertrud.

Hinweg von mir, arglistiger Satan! (b. S.) O
weh, ich vergaß mich! (laut, kalt, mit beleidigter Würde)
Sie irren sich, Herr Arben. Ihre Diamanten mögen
sehr theuer sein — aber es gibt auch preislose
Werthe. — Auf Nichtwiedersehn, Herr Arben. (geht.)

Thomas.

Aber verehrteste Gertrud, Sie mißverstehn mich
vollständig. Ich habe niemals verschwendet für ein
Gelüst. Liebschaften sind billiger zu haben. Ein Mann
meiner Art verschenkt kein Vermögen, außer um es —
für sich zu behalten. Ich dürfte nun beleidigt sein.
Die Geliebte wollt' ich schmücken als meine künftige
Gemahlin.

Gertrud.

Ist's möglich? (den Schmuck an sich reißend und an die Brust drückend) mein, ernstlich mein, in Ehren mein?

Thomas.

Gertrud, nichts ist mir verhaßter, als sentimentale Redensarten. Ich bin kein Schmachtlappen. Aber so wie du hat mir noch kein Weib gefallen. — In mir steckt Königsstoff; — in lustig wilder Zeit wär' ich ein Cromwell geworden. — Wer weiß, was uns die Zukunft bringt? Herrschen aber kann man immer, auch im Jahrhundert der gezähmten Menschheit. — Sei meine Königin; wir taugen zusammen; gepaart können wir doppelt so weit ausgreifen. Deine Träume fliegen hoch, aber meine Eroberungskraft verzichtet auf nichts, und ein Herzogstitel ist nicht jenseits des Horizonts. Den Minister — bis ich selbst einer bin — den Minister will ich doch sehn, der nicht thut was wir wollen, wann ich im Parlament sitze, du im Salon, wenn ich fordere und du befiehlst indem du zu bitten scheinst. Keine Dutzendwaare haben mein Vater und meine Mutter in die Welt gesetzt, sondern einen Mann, und einen ganzen. Beim ersten Blick erkannt' ich in dir meine Art. Hier bin ich — sei mein Weib — und da hast du meine Liebeserklärung.

8

Gertrud (zögernd und verschämt).

Lieber Thomas — ich muß Ihnen dennoch Ihre Diamanten zurückgeben. Ich habe mir geschworen — Lady Arden zu werden.

Thomas.

Sein Sie mein und der Schwur wird erfüllt.

Gertrud.

Und Arthur, Ihr älterer Bruder?

Thomas.

Wird niemals Lord Arden. Er hat eine andere Welt im Kopf als die wirkliche. Er ist empört, daß die lebendigen Menschen nicht sein wollen wie die Schemen seiner Einbildung. Diese Verstimmung hat sich gesteigert zur dauernden Krankheit.

Gertrud.

Er kann aber genesen.

Thomas.

Wenn auch.

Gertrud.

Und sein Geburtsrecht?

Thomas.

Ist mehr als fraglich.

Gertrud.

Ich bekenn' es ohne Rückhalt, Rang und Reichthum waren mir niemals gleichgültig.

Thomas.

Sie sagten es Arthurn in meiner Gegenwart.
Ihn verlierend, gewannen Sie mich.

Gertrud.

Sie wissen bereits, meine Furcht vor Ihnen war
ein Geständniß Ihrer — Gefährlichkeit. — Selbst
arm und ranglos, könnten Sie mich vielleicht ver-
leiten zu süßer Thorheit — wenn ich ein Weiberherz
von gewöhnlichem Gefäser in mir trüge. Mein Blut
ist entzündlich, aber mein Stolz ist groß und kalt.
Meine Neigung gewinnen und mich selbst erwerben
ist zweierlei. Wem ich gehören soll, der muß mir
ein Stück Welt zu Füßen legen mit Aussichten in's
Unbegrenzte. Gesetzt, hier stünden Sie, blitzend von
Lebensmuth, in der Fülle Ihrer Manneskraft, ver-
führerischer noch als Sie schon sind, — aber namenlos,
und Sie böten mir eine leere Hand; — dort stände
ein welkes Männchen, aber mit einem Lordstitel und
fürstlichem Vermögen: — wahrlich, meine Hand
gäb' ich dem Lord — Ihnen aber verstohlen einen
feurigen Blick der Verheißung.

Thomas.

Hinreißende Zauberin, berauschende Vollendung
meines Ehrgeizes in Weibergestalt, erfülle die Verheißung! In mir ist Beides vereinigt, Manneskraft
mit Rang und Reichthum.

Gertrud.

Ich bin die Braut des künftigen Lord Arden.
Beweisen Sie mir, daß Sie dieser sind, und ich will
die Ihrige sein oder sterben.

Thomas.

Genügt es, wenn Der es glaubt, dessen Wille
mich dazu machen kann?

Gertrud.

Dieser Wille genügt wenn er schwarz auf weiß
dasteht als letzter Wille.

Thomas.

Bewunderungswürdige Schärfe! Uns Beiden wird
die Welt gehören. — Wohlan — meines Vaters
Testament verfügt nach seiner Ueberzeugung, nur Einen
Sohn zu haben, mich.

Gertrud.

Ist es vollzogen?

Thomas.

Die Unterzeichnung soll heute Abend erfolgen.

Gertrud.

Ich will das vollzogene Actenstück lesen.

Thomas.

Eine heikle Forderung! — Einen Augenblick Geduld! — Ja, das ließe sich wagen. — Sie sollen es vorlesen hören, auch sehn, wenn Sie meinem Vater für eine Andere gelten wollen.

Gertrud.

Für wen?

Thomas.

Für eine Gräfin Evandale. Ich erkläre Ihnen das heut Abend. Sein Sie Punkt sieben Uhr dicht verschleiert im Hause meines Vaters. Sollt' ich Sie nicht selbst empfangen können, so werd' ich Auftrag geben, Sie, die Gräfin Evandale, in ein Zimmer zu führen, welches anstößt an die Bibliothek meines Vaters. Ihr Mädchen kann Sie ja begleiten.

Gertrud.

Gut, ich werde kommen. Aber noch Eins. Für wessen Sohn wird denn Arthur gehalten?

Thomas.

Ich behaupte nicht, von der Richtigkeit dieser Vermuthung überzeugt zu sein.

Gertrud.

Ich will auch nur wissen ob sie gut erfunden ist.

Thomas. ·

Sie glauben doch nicht . . .

Gertrud.

Sie wollen Versteckens spielen mit mir? Schämt sich der Adler seiner Krallen, wann er um die Adlerin wirbt? Ich denk', er zeigt ihr, wie lang und stark sie sind, damit sie wisse, daß er reichliche Beute zu Neste tragen kann. Ich glaube zu thun zu haben mit einem Manne nach meinem Sinn, und es thäte mir leid, mich zu irren. Ein solcher verläßt sich auf Nichts, als auf seine eigene Klugheit und Stärke. Er nimmt niemals geschenkt, was er erobern kann. Sein Glück ist nicht brüchige Gußwaare des Zufalls, son= dern haltbar geschmiedet mit eigner Faust. Er selbst wählt und meißelt den Granitblock zum tragenden Pfeiler der Burg, die er sich baut zur Fehde mit der Welt. Ich muß sehen, ob dieser Pfeiler spaltlos ist und sturmfest aufgestellt, wenn ich als Herrin mit ihm einziehen soll.

Thomas.

Meine Stirn ist von Glas, oder ich habe einen weiblichen Doppelgänger! — Und dennoch, untrügliche

Seelendurchschauerin, war diesmal ein Zufall mein
Bundesgenosse. Mein Vater argwöhnte, daß ihm Lord
Byron einst in's Gehege gekommen sei. Sein Ver=
dacht, das Arthur von diesem sein poetisches Talent
geerbt habe, ward ihm zur Gewißheit durch ein Son=
nett in des Lords Handschrift, das man ihn finden ließ.

Gertrud.

Unkluger Thor, elender Stümper! Hinweg von
mir sammt Ihren Diamanten.

Thomas.

Was ist Ihnen?

Gertrud.

Ich habe keine Lust, als Ihre Mitschuldige nach
Botany Bay zu segeln. Gegenüber der heutigen Chemie
zu solchem Zweck ein solches Autograph zu fälschen —
das heißt einen Wechsel acceptiren dessen Zahlung der
Galgen ist. Hinweg! Sie sind gefährlicher als ein
Pestkranker, so lange jenes Blatt sich in den Händen
Lord Ardens befindet.

Thomas (lachend).

Ich dürfte nun schelten, allerschönste Gertrud.
Erstens — nicht Ich war der Autographen=
Künstler; zweitens befindet sich jenes Blättchen längst
wieder in meiner Brieftasche.

Gertrud.

(Holt vom Kamin ein Licht und Feuerzeug, nimmt auch ein dort liegendes Blatt Papier mit. Das Licht anzündend.)

Her damit, rasch, rasch, sag ich! — Sie zögern? Entweder lassen Sie mich eigenhändig in diesem Augenblick das Blatt verbrennen, oder Sie gehn und betreten unsere Schwelle niemals wieder; sonst bestelle Ich den Polizeimann der Sie verhaftet.

Thomas.

Dieser Zorn aus Besorgniß für meine Sicherheit steht Ihnen zu reizend, als daß ich nicht gehorchen sollte. Hier ist es.

Gertrud (auffällig laut).

Und Ihr eigenhändiges Concept?

Thomas.

Längst verbrannt.

Gertrud.

(Verwechselt, den Zuschauern merklich, die beiden Blätter Papier und schiebt das von Thomas in die Tasche, während sie das andere zusammenknittert und verbrennt.)

Ich will es nicht gelesen haben. — So — nun kann ich wieder aufathmen. — Sein Sie mir nicht böse wegen meiner harten Worte, Sie tollkühner Waghals! (reicht ihm die Hand).

Thomas.

Böse? Ich küsse die Hand, die voll Eifer meine Gefahr verbrannt hat. Die Scheltworte klangen so glückverbürgend, daß ich nun auch den Lippen danken muß. (will sie küssen).

Gertrud (sich ihm entwindend).

Heute Abend — fort, rasch fort, die Mutter kommt. — Erst heute Abend, verwegener Wildfang, sollen Sie von mir gefesselt werden für immer.

Thomas.

Diese Hand in der meinen, und ich erdreiste mich nach Kronen zu greifen. (Nochmals ihre Hand küssend ab.)

Gertrud.

(Hält sich an der Lehne eines Stuhls und streckt die Hand krampfhaft von sich.)

Ich verabscheue mich.

(Leslie, Fanny, Walter, Palmer t. a.)

Fanny, Leslie.

Meisterin unserer Kunst!

Walter.

Mein tapferes Kind! (küßt sie auf die Stirn).

Palmer.

Der Verbrecher ist in unserer Gewalt.

Gertrud.

Ich ersticke an Schmach. — Wasser, Wasser,
Fanny; an meiner Hand klebt der Geifer einer Klapper=
schlange. (Alle ab.)

Zweite Scene.

Bibliothekzimmer Lord Ardens.

Lord Arden (mit Licht von rechts).

Jedes Schubfach ausgekramt — vergebens. (Einen
Bund Schlüffel aus der Tasche ziehend.) Sollt' ich schlaf=
wandelnd die geheime Thür aufgeschloffen und dabei
das verfluchte Gedicht verloren haben? Kaum denkbar;
denn seit Karoline hier einzog habe ich den Gang zum
Gartenpavillon nicht mehr betreten, durch den mich
Sarah zuweilen besucht hatte. — Dennoch bleibt es
möglich; denn die Stunden nach der Entdeckung
meiner Schande sind wie ausgelöscht aus meinem
Bewußtsein und erst von Thomas erfuhr ich, daß
Arthurs Fortschaffung kein wüster Traum gewesen. —
Ich will doch nachsehen. (unter den Schlüffeln suchend)
Das ist er. — Das Schloß ist stark verrostet. (Ein
Theil des Bücherschrankes dreht sich auf als Thür; er holt
das Licht und tritt in den Gang. Pause. Zurückkehrend):
Nichts zu finden und das Schlüffelloch der nächsten

Thür überzogen mit Spinnweb von Jahrzehnten. — Still, es kommt Jemand. (Wirft die geh. Thür zu ohne sie zu verschließen. Thomas t. a. mit Briefen und Zeitungen). Was gibt's?

Thomas.

Vater, der Teufel ist los. Dein Gewissen kann uns theuer zu stehn kommen. Dreizehn bei der Concordia versicherte Schiffe mit dem vorgestern aufgesprungenen Westwind in den Canal eingesegelt! Der Sturm dieser Nacht hat sie ereilt in der gefährlichsten See. Noch ist keines von einem Hafen signalisirt und von allen Ecken meldet man Schiffbrüche.

Lord Arden.

Mögen sie mit Mann und Maus zu Grunde gehn. Mir ist jetzt Alles eins.

Thomas.

Aber mir nicht. Noch können wir mit blauem Auge davon kommen. Unterzeichne Testament und Fideicommißstatut. Unser Cityhaus springt, 50,000 Pfund sind beim Teufel, aber Ardenstone und das Vermögen gerettet. Als Kaufmann bankerott entpupp' ich mich als Majoratserbe und die Gläubiger haben das Nachpfeisen. Alles ist bereit, unterzeichne.

Lord Arden.

Und wenn ich nicht will?

Thomas.

So kommt Lord Arden als Bankerotteur in die
Zeitung.

Lord Arden.

Meinetwegen.

Thomas.

So wird man erfahren, weshalb ich als treuer
Sohn mein Verderben kaufte.

Lord Arden.

Gratulire zur schönen Gelegenheit, mit Sohnes=
treue zu glänzen.

Thomas.

So sag' ich der Gräfin Evandale, ich hätte keine
Lust, sie zu heirathen zur Beschwichtigung deiner Träume
von ihrem ertränkten Bruder.

Lord Arden.

Du wär'st es im Stande; doch ich will es darauf
ankommen lassen.

Thomas.

So mach' ich Gebrauch von den Briefen eines
gewissen Dirks, weiland ersten Commis' bei Edward
Arden.

Lord Arden.

Nicht übel erfunden! Aus unsern Büchern kennst du den Namen des Menschen, den ich aus dem Dienst jagte.

Thomas.

Mit tausend Pfund Schweigegeld. Unter dem Namen Sloughby ward er Director einer wandernden Schauspielertruppe. Geschrieben sind jene Briefe von einer Dame, Namens Sarah Simson.

Lord Arden.

Himmel, was sagst du?

Thomas.

Sarah Simson. Pikante Briefe — vier Jahr= gänge, habe sie genau studirt.

Lord Arden.

Und was steht darin?

Thomas.

Unter Anderem — im vorletzten glaub' ich — Er — nämlich der Prinzipal — Er müsse Vater des Kindes werden, das sie von ihm — nämlich dem Excommis — unter dem Herzen trage.

Lord Arden.

Wo hast du die Briefe?

Thomas.

Der letzte ist furios. Sie hat entdeckt, weshalb
ihr der Prinzipal ein entlegenes Landgütchen geschenkt
und sie dahin verbannt hat: Er ist schon einige Jahre
verheirathet, obwohl er sie noch zuweilen besucht und
ihre Illusionen hinhält. Sie schnaubt Rache wie eine
Mordbrennerin. Sie hat ihr Gütchen verkauft und
sendet Sloughby'n Wechsel auf Baltimore; dort solle
er sie zu festgesetzter Zeit treffen. Aber sie hatte ihn
damit nur aus England fortschaffen wollen. Aus dem
eignen Munde des Herrn Dirks, genannt Sloughby,
weiß ich, daß er drüben Jahre lang vergebens auf sie
gewartet hat.

Lord Arden.

Bist du zu Ende?

Thomas.

Nicht ganz. Der erste Jahrgang, theilweise noch
gerichtet an den Commis in Function, ist der wich-
tigste. Staatsanwalt und Geschworene könnten daraus
die Vermuthung schöpfen, Sarah sei nur das Sprach-
rohr Edward Ardens, wenn sie Herrn Dirks, ihrem
zweiten Anbeter, Winke gibt, wie sich Heu in Seide
verwandeln lasse. — Nicht wahr, Papa, jetzt willst
du?

Lord Arden.

Wo sind die Briefe?

Thomas.

Hier, lieber Vater. — Nein — erst unterzeichne,
dann stehn sie zu Befehl.

Lord Arden.

So rufe Herrn Kemble und die Zeugen.

Thomas.

Noch Eins, Vater. — Der Diamantenschmuck hat
gewirkt. Die Gräfin Evandale willigt ein, statt Arthurs Frau, die meinige zu werden.

Lord Arden.

Die Aermste!

Thomas.

Besteht aber darauf, sich mit eignen Augen zu
überzeugen, daß Testament und Statut unzweifelhaft
mich zum künftigen Lord Arden einsetzen. Ich hab es
ihr zugesagt. Sie wünscht ungenannt und unerkannt
zu bleiben und wird dem Act verschleiert beiwohnen.

Lord Arden.

Meinethalben. — Ich hole die Urkunden. —
Bringt nur Alles in Bereitschaft zu meiner — Hin-
richtung. (ab).

Thomas (links vorn hinaussprechend).

Theuerste Gertrud, treten Sie ein. — Aber was seh ich . . . ?

Walter, Gertrud, in Mantel und Hut mit zurück-
geworfenem Schleier, t. a.

Gertrud.

Mein Vater, Maler Walter.

Walter.

Wir kennen uns. — Ich weiß von Ihren Ab-
sichten. Meine Tochter wünscht sicher zu gehen. Auch
ich werde Zeuge sein.

Thomas (leise zu Gertrud).

Wer ist aber das Frauenzimmer, das mit Ihnen
gekommen?

Gertrud.

Betsy unser Dienstmädchen.

Thomas.

Nehmen Sie Platz (setzt Stühle) hier, wenn's ge-
fällig ist. Ich rufe die Andern. (b. S.) Der Alte
kommt mir sehr ungelegen. (ab hinten links).

Gertrud (vorn links hinaussprechend).

Rasch, Fanny. (Fanny t. a. in Mantel, Hut und
Tuch einer Dienstmagd; tauscht diese Stücke mit Gertrud
und setzt sich verschleiert zu Walter. Gertrud ab).

Walter.

Sehn Sie, da hängt das Bild Ihrer und Arthurs Mutter, das ich damals gleichzeitig mit den beiden Miniaturen malte. Hier tritt die Aehnlichkeit mit Ihnen weniger hervor. Wenn ich es für unsern Heilungsplan copire müssen Sie mir sitzen, damit ich diese Aehnlichkeit besser herausarbeite.

Fanny.

Still, man kommt.

Thomas (in d. Thür hinten links).

Treten Sie ein, meine Herren. Lord Arden wird sogleich erscheinen.

Kemble mit Papieren, zwei Polizeibeamte in Civil-Oberröcken als Zeugen, Palmer, Leslie, Friedensrichter White t. a. und setzen sich.

Kemble (leise zu Thomas).

Drei Totalschäden, Ostindienfahrer, sind schon angemeldet.

Thomas (eben so).

Es ist die höchste Zeit. (Sprechen, in den Papieren blätternd, leise weiter).

Palmer (leise zu Walter).

Eben ward mir dieser Bleistiftzettel zugestellt. Fanny muß ihn lesen um vorbereitet zu sein. Sarah

Simson ist gefunden, im Pavillon des Gartens an
diesem Hause.

(Fanny, welcher Walter den Zettel gezeigt, macht
eine Bewegung zum Aufspringen).

Walter.

Fassung, Gräfin Arden; eben kommt Ihr Vater.

Lord Arden.

(v. r. setzt sich mit stummer Verbeugung an den Tisch, zwei
Urkunden vor sich hinlegend).

Fanny (leise zu Walter).

O Gott — es ist wenig Aehnlichkeit übrig geblieben. Er scheint sehr leidend.

Walter.

Geben Sie mir das Medaillon.

Lord Arden.

Ich fühle mich unwohl und bitte das Geschäft
rasch zu beendigen. (zu Kemble) Geben Sie kurz den
Inhalt der Urkunden an; darauf mögen sie den
Zeugen zur Einsicht herumgereicht werden.

Kemble.

Dies Familienstatut, von der Krone genehmigt,
erklärt für unveräußerliches Majorat die Herrschaft
Ardenstone und das Gesammtvermögen des gegenwär-
tigen Lord Arden. Freier Verfügung vorbehalten

bleibt nur das Handelshaus Edward Arden Söhne
in der City von London mit Zubehör an Gebäulich=
keiten, Mobiliar und Betriebscapital von 50,000 Pfd.

(Gibt das Pergament herum.)

Thomas.

Meine Zustimmung als Agnat kann ich erst er=
theilen, wann das Testament vollzogen sein wird.

(Geste für Lord Arden mit den Briefen.)

Lord Arden zu Kemble.

So machen Sie mit diesem den Anfang.

Kemble.

Dies Testament verfügt über 10,000 Pfund als
das eingebrachte Vermögen der in Gott ruhenden Lady
Karolina Arden, gebornen Gräfin Arden von Arden=
stone, zu Gunsten des ältern Sohnes der Genannten,
des Herrn Arthur Arden, als wovon die Zinsen wäh=
rend der Dauer seiner Krankheit (bedeutsamer Blick und
Wink des Lesenden über das Pergament hinweg zu Palmer)
an die Heilanstalt des Herrn Doctor Palmer zu
Drentonmore, das Kapital aber, im Falle seiner Ge=
nesung, ihm selbst ausgezahlt werden soll, sobald er
sich verpflichtet hinfort nur den Namen Morley zu
führen. Es enthält ferner die feierliche Declaration
Lord Ardens, nur ein legitimes Kind zu haben,

seinen Sohn Thomas. Nicht in der Lage, Beweise dafür beizubringen, mache er Gebrauch von seinem Recht, Herrn Arthur Arden wegen unheilbarer Geistes=krankheit zur Nachfolge unfähig zu erkären und Herrn Thomas Arden zum künftigen Lord und Majorats=herrn einzusehen.

Thomas.

Gelesen und einverstanden.

(Reicht das Pergament weiter.)

White, 1ter und 2ter Polizeibeamte.

Gelesen.

Leslie.

Gelesen und nicht einverstanden.

Thomas.

Was soll das heißen?

Palmer.

Gehört und falsch befunden. Arthur Arden ist in der Genesung vom Nervenfieber. Geisteskrank war er niemals. (Kemble springt auf und macht ihm Zeichen vorwurfsvollen Staunens.)

Fanny.

Gehört und falsch befunden. Lord Arden hat auch eine legitime Tochter.

Thomas (auffpringenb).

Ha, das ist nicht Gertrud's Stimme.

Zugleich

Lord Arden (ſich erhebenb).

Wer erdreiſtet ſich der Lüge? Sie, Gräfin Evandale?

Fanny (erhebt ſich und ſchlägt den Schleier zurück).

Ich bin weder die Gräfin Evandale, noch Fanny Simſon, wie ich bisher genannt wurde, ſondern Ihre Tochter, Lord Arden.

Lord Arden.

Oeffnet ſich das Grab und gibt ſeinen Raub verjüngt heraus? Das iſt Karolinens Stimme, Karolinens Antliz.

Thomas.

Laß dir kein Märchen aufbinden. Dich betrügt deine leichtgläubige Phantaſie, oder ein Gaukelſpiel mit zufälliger Aehnlichkeit.

Walter.

Meinſt du, Schurke? Weil Du mit ſolchem Gaukelſpiel den um ſeinen Verſtand bringen wollteſt, den du für deinen Bruder hieltſt?

Thomas.

Herr, ſind Sie dem Tollhauſe entſprungen?

Lord Arden.

Bin ich wach? Will man mich wahnsinnig machen?
Wo nicht, so erklärt mir das Unglaubliche.

Walter.

Mich werden Sie nicht mehr erkennen; wohl aber
dies Medaillon mit den beiden Miniaturbildern, die
ich, Maler Walter, vor bald fünfundzwanzig Jahren
für Sie gemalt habe.

Lord Arden.

Ja — bei Gott — so sah ich damals aus, und
das ist Karoline — und doch auch — diese Dame.

Thomas.

Die natürlich gesessen hat zum Retouchiren des
Bildes.

Lord Arden.

Schweig bis du gefragt wirst. — Ja, das ist
das Medaillon — nur die Diamanten sind ausge-
brochen. — Es war bestimmt für meine Mutter —
sie starb als es fertig war. Es ward uns gestohlen.

Fanny.

Mit mir zugleich bei einer Feuersbrunst.

Lord Arden.

Richtig, — es war fort nach der Feuersbrunst
am Tage der Geburt meines zweiten Sohnes. Aber

wie kann ich eine Tochter haben? Karoline starb kurz
darauf — jene Feuersbrunst gab ihr den Tod —
es war ihr Strafgericht.

Walter.

Nein, Lord Arden, Ihre Gattin war makellos:
Der Satan dort, obwohl er selbst glaubte ihr Sohn
zu sein, hat die edle Frau in ihrem Grabe beschimpft
mit der niederträchtigsten Verleumdung.

Thomas.

Verrücktes Gefasel.

Lord Arden.

Wer mir Das beweisen kann, der fordere Alles,
was ich noch zu geben vermag.

Gertrud (rasch eintretend).

So fordert die Braut Ihres Arthur Ihren Segen;
denn sie kann es. — Hier die Diamanten, mit denen
jener Teufel mich zu ködern glaubte und nur gelehrt
hat, selbst ihn zu überteufeln.

Thomas.

Ein schöner Beweis! Eitle Närrin, sie sind unächt.

Gertrud.

Und hier das Gedicht Lord Byrons. Es ist ebenfalls unächt.

Thomas.

Abgefeimte Metze! (Springt auf sie zu, wird aber von den Polizeibeamten, White und Leslie zurückgehalten.)

Lord Arden.

(Sich mühsam am Sessel aufrecht haltend, das Papier in zitternder Hand.)

Unächt?

Walter.

(Hält ihm ein Licht hinter das Blatt.)

Sehn Sie die Jahreszahl des Wasserzeichens?

Lord Arden.

Ja, 1826.

Walter.

Lord Byron starb zwei Jahre früher.

Lord Arden (knieend).

Vergebung, Karoline, Vergebung Arthur! (Gertrud die Hand reichend) Dank, Retterin, Schwiegertochter, wenn es noch Zeit ist. (Aufspringend) Auswurf der Hölle!

Thomas.

Was kann ich für deine Leichtgläubigkeit? Ich weiß nichts von diesem Blatt.

Gertrud.

Er lügt. Er hat's erfunden, er ließ es schreiben; mir hat er's verrathen.

Walter, Palmer, Leslie, Fanny.

Wir waren Ohrenzeugen.

White.

Hier ist außerdem das gerichtlich beglaubigte Geständniß, welches Dirks, genannt Sloughby, auf dem Sterbebette abgelegt hat.

Thomas.

Fälschung! Hab' ihn mit eigenen Augen vor acht Tagen nach Amerika absegeln sehen.

Kemble.

Das kann ich bezeugen.

White.

Ganz recht; aber das Auswandererschiff ist an unserer Küste gestrandet.

Thomas.

Ist denn Alles wider mich verschworen? Wäre diese Narrenwelt dennoch ein Puppentheater mit einem Director über den Wolken, der die Stürme blasen läßt zum Besten der zehn Gebote? — Possen für den Pöbel! Kommen Sie, Kemble; was sollen wir länger in diesem Tollhause.

1ter und 2ter Polizeibeamte.

(Die Oberröcke aufschlagend, daß die Uniform sichtbar wird, Constablerstäbe ziehend u. Thomas damit berührend.)

Halt, im Namen des Gesetzes, Sie sind verhaftet.

Lord Arden (leise zu Thomas).

Gib die Briefe her und du bist frei. (Thomas gibt ihm dieselben.) (Laut) Lassen Sie ihn los, ich leiste Bürgschaft.

1ter Polizeibeamte.

Geht nicht, er ist ein Capital=Verbrecher.

Walter.

Ein Seelenmörder.

(Die geheime Thür öffnet sich).

Palmer, White.

Und nicht Ihr Sohn.

Lord Arden.

Nicht mein Sohn?

Thomas.

Noch ein Märchen?

Sarah.

(Aus der geheimen Thür, von zwei Constablern gehalten, in grauer Kleidung, gelösten weißen Haaren.)

Kein Märchen!

Kemble, Gertrud, Thomas.

Was ist das?

Leslie, Fanny, Walter, White.

Zugleich { Da ist sie.

Lord Arden.

Barmherziger Himmel, die Todten werden lebendig.

Thomas.

Nochmals das gräßliche Weib! Mir gefriert das Rückenmark.

Lord Arden.

Sarah Simson! (sinkt in den Stuhl zurück; Gertrud und Fanny, um ihn beschäftigt, bleiben ihm zur Seite bis zum Schluß.)

Sarah.

Kennst Du mich noch, Verräther? Nein, er ist nicht dein Sohn. Ich breche den Tragpfeiler im Zukunftsbau deines Hochmuths. Dein Herzblatt, dein Stolz ist ein gemeiner Kuckuk. Als ich sah, wie man deinen rechten Sohn in's Narrenhaus brachte, da kehrte mein Verstand zurück. Dein Elend ward mir Arzenei. Die Hoffnung, dich zu zerschmettern, blies nochmals eine Flamme aus meinen Schlacken. Ich schöpfte Kraft und List aus meiner Rachsucht. Du bist vernichtet. Diese Männer hier wissen Alles. — Jetzt will ich dem da vergelten, was er mir gethan.

Fanny.

Was that er dir?

Sarah.

Verheirathen wollt' ich ihn mit dir um ihn wenigstens als Schwiegersohn lieben zu dürfen. Aus Mutterliebe hab ich ihn von meinem Herzen gerissen.

Thomas.

Sie ist noch wahnsinnig.

Sarah.

Nein, mein Söhnchen. Dazu gemacht hast du
mich, aber es hat nicht vorgehalten, und fünf Minu-
ten komm' ich noch aus mit der Neige Verstand, die
sich zusammengetröpfelt aus meinen Scherben. — Um
Dich zum Lord zu machen, bin ich Kindesräuberin
und Mordbrennerin geworden. Jede Faser meines
Leibes war verschmachtender Durst nach Dir. Ver-
langend nach Dir streckt' ich meine Arme aus in die
leere Luft jeden Morgen, jeden Abend. Dennoch bin
ich geflohen in die Ferne und habe mich versteckt und
gedarbt um jede Gefahr der Entdeckung fern zu halten von deinem Glück. — Endlich, nach langen langen
Jahren, standest du vor mir. Meine Augen schwelg-
ten im Anblick deiner schlanken Gestalt, deines klugen
Gesichts; aber nur finstre Blicke des Widerwillens
gaben die deinigen zurück. Ich sagte dir, leise, verschämt, wie ich dich lieb haben wollte als Schwiegersohn: — ein Hohngelächter war deine Antwort.
Meine Hand wagte es, die deinige leise zu streicheln

— so —

Thomas.

Fort, grausiges Scheusal, rühre mich nicht an mit
deinen kalten Krötenfingern.

Sarah.

Seht ihr? Gerade so grimmig fuhr er auch damals auf, als hätt' ihn eine Natter gebissen. Mein
Arm vergaß sich und wollt' ihn festhaltend umschlingen.
Da stieß er mich von sich mit furchtbarer Gewalt,
daß ich mir an der Wand den grauen Kopf blutig
schlug. Nimm, rief er aus, zum verdienten Lohn auch
den unverdienten, zudringliche Kupplerin; deine Tochter
ist mir verleidet, ihr Haus verpestet durch deine ekel-
hafte Zärtlichkeit. Damit warf er mir etliche Gold=
stücke vor die Füße und ließ mich blutend liegen.
Davon verfiel ich in Wahnsinn. Aber deine Worte
bewahrt' ich im Gedächtniß, dein Gold im Saum dieses
Kleides. Nun trägt es dir Zinsen — es hat mich
zurückgeführt um dich mit der Wurzel auszureißen aus
dem Garten des Glücks und als Unkraut zum Kehricht
zu werfen. — Edward Arden, Ich habe dein Schloß
angezündet, Ich dein Weib und ihren Arzt berauscht
mit einem Tränkchen — Ich war die Amme, die
man dir geschickt — Ich hatte dich fortgescheucht nach
London mit vorgespiegelter Gefahr der Entdeckung

meines Betruges der dich bereichert. Ich stahl dir
die Tochter — da steht sie als Komödiantin — Ich
legte statt ihrer den da in die goldene Wiege — Ich
hab' ihn geboren und sein Vater hieß Dirks, genannt
Sloughby.

Lord Arden.

Gräßlich, gräßlich!

Sarah.

Was wirst du plötzlich aschgrau, mein Söhnchen?
Was zitterst du an allen Gliedern? Gelt, es schmeckt
dir nicht, den schmutzigen Gauner zum Vater zu haben?
Ist nicht mehr zu ändern für diese Maskerade. Such'
dir 'nen andern, wann deine verdammte Seele sich
noch einmal verlarven will für den Mummenschanz
des Lebens. Uebrigens war er weiland ein schmucker
Junge wie Du, und auch Du wirst noch eine garstige Blindschleiche wie Sloughby, wenn es auch Dir
gelingen sollte dich loszuschwindeln vom Galgen. —
So, ausgescholten und abgestraft hab' ich dich. Bitt'
ab und versprich artig zu sein, dann bin ich wieder
gut. Bist ja doch auch mein Fleisch und Blut. —
Komm an mein Herz — küsse mich, du trautster Balg.
(umklammert Thomas.)

Thomas.

(Ringt vergebens, sich frei zu machen; schreiend.)

Laß mich los, gräßliche Hexe! Deine Finger
spritzen Fiebergift in meine Adern, dein Athem bläst
mir tausend Dämonen unter den Schädel. Rettung!
Ich bin ein Verbrecher, führt mich in's Gefängniß!

Sarah.

Schneide nicht so fürchterliche Fratzen — — so mag
ich dich nicht küssen.

Thomas.

Der Geyer fliegt auf, mein Hirn in seinen Krallen.
Krokodil, ich zerreiße dich.

Sarah.

Weh — das glührothe Fenster! — Du bist der
Mann mit dem augenlosen Schädel — Barmherzig=
keit — er erwürgt mich — Mein Sohn, mein Sohn!

(Thomas schleudert sie von sich; sie wird von den
Polizeibeamten aufgefangen.)

Leslie.

Sie stirbt.

Palmer.

Ein Nervenschlag — sie ist todt. (Pause.)

Thomas.

Pst! pst! — (schreit) Ruhe da, verdammtes Mas=

lengesindel! (leiser) Hört ihr nicht den Posaunenstoß? —
Der Marionettendirector läßt blasen zum Demaskiren. —
Posaunenstoß! — zehntausend Jahre vorüber. (Steigt
auf einen Stuhl) — Hundert Posaunen auf einmal. —
Der Ocean spritzt an die Sterne, die Todten winden
sich aus den Gräbern wie Regenwürmer. — Neue
Larven her! — Nein, Papa Sloughby, die vorige
fand ich hinter'm Zaun und sie gefiel mir doch nicht.
(Steigt vom Stuhl auf den Tisch.) — Nicht zu Schiff,
nicht zurück zur Menschheit. Lieber noch einmal zehntausend Jahre dörren, hier auf dieser halmlosen Fels-
klippe mitten im Ocean.

     Die See liegt wie geschliffen
      In der sengenden Sonnengluth
sagt Lord Byron, denn den hab' ich studiren müssen. —
Dort aber kräuselt sich der Spiegel — siehst du die
schwarze Rückenflosse daraus hervorlugen? — Er kommt
näher geschwommen — nun ist er gerade unter uns,
wo die Klippe abstürzt in's Bodenlose. — Dieser
Haifisch hat seine Mutter angefressen. Diesen Haifisch
sendet mir der Director. — Was will er? — Nicht
die carmoisinrothe Sammetrobe mit Hermelin —
nicht distinguirt genug, Juliette — noch die Diamanten der Prinzessin von Portugal — Meine Seele

will er, meine unsterbliche Seele. Als Kompaslampe will er sie aufhängen in seinem dunkeln Hirnkasten. — Sollst sie haben, König der Tiefe! — Den nächsten Mummenschanz will ich mitmachen unter euch Meer= ungeheuern. Hinab!

(Springt herab und stürzt nieder.) — (Pause.)

Palmer.
(Neben Thomas am Boden knieend und seinen Puls fühlend.)

Der Leichnam lebt.

Vorhang fällt.

.

Fünfter Aufzug.

Erste Scene.

Garten. (Der Hintergrund flach gestellt um Decoration und Einrichtung der letzten Scene bereit zu halten.)
Palmer, Walter.

Palmer.

Hier ist er in Kost und Lehre bei unserm Nach=
barn, dem Kunstgärtner Adams. Die Beschäftigung
mit der Pflanzenwelt, diesem geduldigsten der Völker,
das keinen andern Willen kennt als das Naturgesetz,
hat ihm wunderbar wohlgethan. Zur Gesundheit fehlt
ihm nur noch der Glaube gesund zu sein. Er ist
wie ein Patient, der sich nach geheiltem Beinbruch
immer noch einbildet, das Bein werde umknicken,
wenn er damit auftrete: man muß ihn zwingen zum
ersten Schritt; denn der Gebrauch erst vollendet die
Genesung.

Walter.

Wie hat er die Nachricht vom Tode seines Vaters
aufgenommen?

Palmer.

Er ging schweigend fort und verschloß sich mehrere
Stunden lang auf seinem Zimmer.

Walter.

Den reuevollen Brief, in welchem ihn Lord Arden
vom Sterbebette um Vergebung bat, haben Sie ihm
noch nicht eingehändigt?

Palmer.

Nein. So zweifellos heilsam die Rechtfertigung
seiner Mutter und seiner Braut wirken mußte, so
bedenklich schien uns die Erschütterung durch die Kunde
vom Verbrechen und grausigen Strafgericht des Böse=
wichts. Wir wußten kein Mittel, ihm die Arzenei
zu reichen ohne dies Gift.

Walter.

Nun, ich denke wir haben dies Mittel gefunden
in der Aufführung der Schlußscene seines so rasch
und glänzend wieder zu Ehren gekommenen Stückes,
des Neuen Pygmalion. Die von Leslie, Fanny und
mir eingeschalteten Zusätze werden ihn ahnen lassen
was geschehen ist, während die freudige Ueberraschung

ihn empfindungslos macht für den erlittenen Frevel. —
Da kommt Leslie, schon in Kostume.

(Leslie t. a.)

Palmer.

Ist Alles bereit?

Leslie.

Bühne, Darsteller und Zuschauer. Wir warten
auf das verabredete Zeichen.

Palmer.

Gut; ich werde mit dem Taschentuch winken.
Jetzt fort; denn dort kommen Arthur und der Gärt=
ner Adams. (Alle ab.)

(Adams, Arthur t. a.)

Adams.

Sie haben die Rosen ganz regelrecht oculirt; Ich
könnt' es nicht besser machen. Aber jetzt kommen Sie
mal her, hier hab' ich etliche Merkwürdigkeiten für
Sie. — Sehn Sie die zinnoberrothe Eidechse, die
ich eben gefangen habe.

Arthur.

Was fällt Euch ein, Meister Adams? Es ist eine
Ranke Epheu.

Adams.

Wirklich? Und ich hätte schwören mögen, es sei

'ne zinnoberrothe Eidechse. — Und wofür halten
Sie dies? (Zeigt ihm einen Blumentopf mit einer Pflanze.)

Arthur.

Das ist Münzkraut.

Adams.

Nicht doch. Es ist ein junger Schillingsbaum.
Als auf den 29 Februar Neumond fiel hab ich um
Mitternacht einen Heckschilling eingesetzt und gedüngt
mit Zehnpfundnotenasche. Jetzt treibt er Schoten und
wann die reif sind fallen statt der Erbsen funkelneue
Schillinge heraus.

Arthur.

Wo soll das hinaus, Meister Adams?

Adams.

Und was ist dies?

Arthur.

Die spiegelnde Glaskugel vom Belvedere, die der
Sturm heruntergeworfen hatte. Sie ist recht geschickt
gekittet.

Adams.

Eine Glaskugel? Bewahre! Die Welt ist's.
Sie war in Stücke gegangen und davon that mir
der Kopf weh. Ich habe gebratenen Schnee und ge-

frorenes Feuer zu Leim gerührt und sie damit wieder
zusammengeschaffen.

Arthur.

Wo habt Ihr die tollen Einfälle aufgeschnappt?

Adams.

Sehn Sie dort über der Hecke das graue Schiefer=
dach in der Ferne ragen? Von den unfreiwilligen
Einsassen jenes Gebäudes hab' ich eben solch dummes
Zeug und noch dümmeres schwatzen hören. Das
Schlimme ist, sie glauben daran, und dessentwegen
gehören sie dorthin. Auch Sie haben dort vierzehn
Tage krank gelegen. Aber man merkte bald, daß Sie
nicht hingehörten.

Arthur.

Wißt Ihr das so genau, Meister Adams?

Adams.

Ihre einzige Unvernunft ist, daß Sie sich ein=
bilden, nicht recht im Kopf zu sein. Sie verpflanzen
die jungen Bäume weder mit den Aesten in die Erde
noch mit der Südrinde nach Norden. Ein Grashüpfer
ist Ihnen kein Känguruh und ein Maulwurf kein
Rhinoceros. Sie sind in zwei Monaten ein ganz
anstelliger Gärtner geworden. Folglich sind Sie sehr
vernünftig.

Arthur.

Der Bettler hat noch einen Pfennig zu Brot, folglich ist er ein reicher Mann.

Adams.

Despectirliche Reden verbitt' ich mir. Als ob man zur Gärtnerei auskäme mit einem Bettelpfennig Verstand! — Jedes Gewächs hat seine sonderliche Regel, seinen dunkeln Willen; den muß man ihm abmerken und zufriedenstellen, sonsten gedeiht's nicht. Auch in den Pflanzen steckt Vernunft. Es ist 'ne stumme Vernunft, sonst aber, mein' ich, von der nämlichen Sorte wie unsre, und ich hab immer noch gefunden, daß ein richtiger Gärtner auch mit den Menschengewächsen zurechtkommt.

Arthur.

Meister Adams, wenn Ihr von euerm Sellerie zu Markt schicken wolltet und fändet das ganze Beet voll Schierling: was würdet Ihr sagen?

Adams.

Daß mir ein verdammter Schurke einen nichtswürdigen Schabernack gespielt hat.

Arthur.

Seht Ihr, so ist's mir ergangen, nur daß ich selbst der verdammte Schurke gewesen bin. Ja, ich

habe mich ausnehmend gut verstanden auf die Men=
schengärtnerei! Ich suchte Vergißmeinnicht, Maaßlieb
und Freundschaftsnelken, und als ich den Strauß vor=
stecken wollte, da bestand er aus Wolfsmilch, Taumel=
lolch und Tollkirsche. Ich flocht mir einen Immor=
tellenkranz, und als ich ihn aufsetzte spürt' ich um die
Stirn die Schaalen fauler Aepfel. In einem Thal
in der Wildniß sah ich eine unbekannte Prachtblume
und stieg hinunter, sie zu verpflanzen an den Ehren=
platz meines Gartens. Als ich mich bückte, — da
war's ein Stinkpilz auf dem die Fliegen buhlten. —
Und wißt Ihr, was ich selbst für ein Gewächs bin?
Ich wuchs hoch oben auf einem stattlichen Baum und
glaubte daß ich sein Wipfel sei. Da ward ich los=
gerissen und hinuntergeworfen; denn ich war nur eine
schmarotzende Mistel, die ein Kuckuk oder Wiedhopf
auf einen angefaulten Ast gesät hatte. — Mir ist
nicht zu helfen, Meister Adams, und wenn Ihr euern
ganzen Garten bepflanzet mit Gauchheil und Nießwurz.

Adams.

Sie sind verzweifelt vernünftig mit Ihren schwer=
müthigen Flausen! — Dort seh' ich den Doctor
kommen, der mag sie Ihnen austreiben. — Ich will
mir hieneben die Komödie ansehen.

Arthur.

Komödie?

Adams.

Im Garten meines Nachbars ist große Gesellschaft aus der Stadt. Die Herrschaften führen das neue Stück auf, das jetzt in London so viel Spectakel macht.

Arthur.

Wie heißt es?

Adams.

Ja den Titel hab ich nicht recht behalten können, war mir zu gelehrt — So was wie Pig — Pigment — nein — Azaleen — nein, auch nicht, aber so ungefähr aus beidem zusammengerührt. — Vielleicht erlaubt Ihnen der Doctor, auch zuzusehen. (ab.)

(Palmer t. a.)

Palmer.

Schlimme Nachricht, Herr Arthur Arden! Das ganze Vermögen Ihres Vaters ist verloren. Ihnen bleibt nichts als das Erbtheil Ihrer Mutter.

Arthur.

Das ja mein Kostgeld wohl decken wird, so lang' ich noch vegetire. „Eine Freudenpost!" würd' ich gejubelt haben, wenn Ihre Nachricht mir zugekommen wäre, als ich — — als ich noch lebte..

Palmer.

Hier nach dem Kelch voll Wermuth ein Tröpfchen
Honig. (Ueberreicht ihm eine Geldrolle und ein Papier.)
Unterschreiben Sie diese Quittung.

Arthur.

Was soll dies Gold?

Palmer.

Da steht's: Antheil des Verfassers am Ertrag
der zehn ersten Aufführungen des „Neuen Pygmalion." — Was ist Ihnen? Ihre Hand zittert —
Ihr Auge wird feucht.

Arthur (tief bewegt).

Ich — selbstverdient — Herr! ich fordere Wahrheit, beim Andenken Ihrer Mutter! — Jetzt keine
fromme Lüge, oder ich verwünsche Sie in den tiefsten
Höllenabgrund. — Mein Stück — wiedergegeben —
mit Erfolg — dies Geld . . . ?

Palmer.

Ist Erwerb Ihrer Muse, auf mein Ehrenwort.

Arthur (mit thränenerstickter Stimme jubelnd).

Gerettet, gerettet! — Gnadenvoller Himmel! —
Ich will leben. — Jetzt bescheine mich, liebe Sonne!
Dein Gottesstrahl erwärmt in mir keinen ganz nichts-
nutzigen Tagedieb! (Bricht die Rolle auf und läßt die

Goldstücke in seine Hand gleiten.) Glänzendes Metall,
ich habe dich oft verflucht, denn du fraßest meine
Menschenwürde. Ich war nichts; was ich galt, ich
galt es nur als dein Lastträger. — Jetzt ist dein
Geklimper, kleines Häuflein, süße Musik in meinen
Ohren. Jetzt lächeln sie mich freundlich an, die Ge-
sichter der Könige und Königinnen auf diesen Münzen,
und rufen mir zu: was du schufst für dein Volk war
nicht werthlos; hier bietet dein Volk dir zum Lohn
einen Theil von seiner schaffenden und ernährenden
Kraft, hineingezaubert in einen Talisman, der deines
Winkes gewärtig ist sich zu verwandeln wie es dir
gefällt. Ja, jetzt küss' ich dich, schimmerndes Gold,
und schäme mich nicht dich zu netzen mit einer Freu-
denthräne; denn dein Fluch ist gebannt, du bist
Lebensrecht, du bist Ehre, du bist geheiligt als die
Erstlingsfrucht meiner eigenen Arbeit.

Palmer.

(Der sein Taschentuch gezogen aber im Begriff, damit zu
wehen, es an die Augen hat führen müssen, gibt das Zeichen.
Anhaltender Beifallsruf und Klatschen hinter der Scene.)

Arthur.

Was ist das?

Palmer.

Beifall der Zuschauer Ihres neuen Pygmalion.

Kommen Sie, dem letzten Act können wir noch bei=
wohnen.

Arthur.

Mir ist als könnt' ich noch glücklich werden.

(Beide ab.)

Zweite Scene.

Anderer Garten. Im Hintergrund eine Bühne. — Zwischen=
actsmusik. Zuschauer treten auf und setzen sich, unter den=
selben **Walter, White, Adams,** zuletzt **Palmer** und **Arthur.**
Wenn die Musik schweigt Zeichen mit der Glocke; der Vor=
hang geht auf.

Die Bühne stellt eine Bildhauerwerkstatt vor. In der Mitte
der Hinterwand eine verhangene Nische, davor ein leeres
Piedestal auf einigen Stufen. Neben der Nische (im Zu=
schauersinne rechts) hängt ein lebensgroßes Brustbild der
Mutter Arthurs, Fanny'n ähnlich gemalt, mit einer Oeff=
nung zum Durchsprechen, jetzt noch verhangen.

Leslie (als Bildhauer).

Ich ward verhöhnt mit meinem Meisterstücke,
In Trümmern liegt's durch böser Buben Tücke, —
Wofern der Marmor nicht von selbst zersprang
Aus Zorn, daß ihn die Kunst zur Lüge zwang,
Als könne jemals Göttliches erscheinen
In gleichen Formen mit dem Grundgemeinen;

Denn sie, die sonst in ihm verewigt wäre,
Verrieth sich mir als käufliche Hetäre.

  Der Vorhang weicht vom Bilde; durch dieses spricht

Fanny.

Betrug war's, Dessen der dein Werk zerbrach.

Arthur.

Das Bild meiner Mutter!

Mehrere Zuschauer.

St! St! Ruhig!

Leslie.

Ha, wessen Stimme war es die das sprach?
Was muß ich sehn! Im alten Rahmen strahlt
Das Bild der theuren Mutter, neu gemalt.
Herausgerissen war's von Freblerhand —
Wer ist der Freund, der's zu erneu'n verstand
Verjüngt, und lebenswahrer denn zuvor?
Auch du, mein Auge, träumst wohl, wie mein Ohr,
Zu welchem eben erst aus diesem Rahmen
Herab die hocherwünschten Worte kamen?
  Das ist's, — der alte ewige Betrug,
Die Schöpfermacht der Kunst, des Lebens Fluch.
Den Wunsch gebiert des Herzens bittres Darben;
Den Wunsch sodann mit Ton und Form und Farben

Umkleidet Phantasie, die Zauberin,
Und lügen muß der krank erregte Sinn,
Er habe Töne, Farben und Gestalt,
Die nur von innen her, durch Truggewalt
Des Geistes, in ihm leuchteten und klangen,
Auch jetzt wie sonst von außen her empfangen.

Zur Nüchternheit, zum Leben, leer und schaal,
An Reizen arm, doch frei von Seelenqual,
Wähnt' ich nach diesem Bildbruch mich genesen;
Doch wieder taucht ihr, unvorhandne Wesen,
Aus euerm Abgrund jenseits aller Zeit
Und ruft mich an und heuchelt Wirklichkeit.

Die heiße Stirn mir kühlend hier am Stein
Des leeren Piedestals, und weltallein,
Will ich der Welt mein Ohr und Auge schließen,
Und neuberauscht den Selbstbetrug genießen.

Erinnrungsbild der holdesten der Frauen
Aus meines Lebens erstem Morgengrauen,
So warst du nie und nirgend als in mir, —
Du bist nur Traum — doch red', ich lausche dir.

    Die Leinwand des Bildes weicht fort; im Rahmen
      erblickt man **Fanny** selbst, hell beleuchtet, hinter
      einem Gaze-Ueberzug.

Fanny.

Ich war und bin. Ich war, die dich geboren
Und früh für dich den Leib von Staub verloren;
Er ward in meiner Ahnen Gruft gebettet
Dieweil ich dich aus Feuersnoth gerettet.

Arthur.

Das steht nicht im Stück! Wer hat das zugesetzt?

Zuschauer (durcheinander.)

Still, — Ruhe — keine Störung!

Palmer.

Noch ein lautes Wort, so muß ich Sie entfernen.

Fanny.

Ich bin in Dir, doch nicht in dir allein,
Mein Wesen ging auch in ein Mädchen ein
Und segensreich für deinen Lebenslauf
Lebf dir die Mutter in der Schwester auf.

Leslie.

Mein wackrer Traum, der einem theuern Schatten
Die Tochter zeugt, gib mir, dem Lebensmatten,
Mit gleicher Kraft den alten Wahn zurück
Und laß mich glauben an's verlorne Glück.
Wem Niegewesnes wie von Fleisch und Blut
Der Staub gebiert der längst im Grabe ruht,

Der macht auch ungeschehen was geschah
Und lehrt vergessen was ich selber sah.
Lösch' im Gedächtniß aus den Augenschein
Und zeige mir vollkommen fleckenrein
Der immer noch so heiß geliebten Bild.

Fanny.

Sieh her, und dein Verlangen wird gestillt.

(Der Vorhang der Nische geht auf. Man erblickt
Evy, gekleidet wie im 2ten Aufzug, in reuevoller
um Vergebung bittender Haltung.)

Leslie.

Hinweg, du Satanslüge der Natur!
Wie war nur möglich, was mir wiederfuhr?
Ich Thor, ich sah die Reinheit und die Treue
Wo jeder Zug nur Schuld bezeugt und Reue.

(Die Nische schließt sich wieder.)

Erlisch, mein Geist, laß Wahnsinn mich umnachten;
Denn besser ist es

Zugleich. ⎰ als sich selbst verachten.

⎱ **Arthur.**

als sich selbst verachten.

Leslie wirft sich vor dem Piedestal nieder, mit den
Händen sein Gesicht bedeckend. Die Nische öffnet sich
wieder. Gertrud, in weißem, weitem Faltenge-
wande, verschleiert, tritt heraus auf das Piedestal.

Fanny.

Blick' auf und merke wie man dich bethört.

Leslie.

Wer bist du? Hat die Göttin mich erhört?

Gertrud

(läßt langsam den Schleier fallen und streckt die Arme nach Arthur aus.)

Arthur.

Himmel, was seh' ich! Das erst ist Gertrud!
(eilt nach der Bühne.)

Gertrud.

Erkennt mich nun, der mich so schwer verkannt?

Leslie

(indem er Arthur auf die Bühne steigen hilft.)

Hieher! Nicht länger mir winkt diese Hand.
(Geht zu Fanny und hilft ihr während des Folgenden hinter dem Rahmen hervortreten.)

Gertrud.

Ja, glaube, theurer Mann, du darfst mich lieben
Ich bin dir unverbrüchlich treu geblieben.

Fanny.

Und ihres Herzens kluge Tapferkeit
Errang den Sieg, der deinen Geist befreit.

11

Gertrud.

(Vom Piedestal herabsteigend.)

Mein Herz ist ächt, doch meine Art ist schlicht,
Ich will dein Weib sein, deine Göttin nicht.

Fanny.

Auch Frauenthätigkeit am eignen Heerd
Ist Kunst und macht das Leben lebenswerth.

Arthur.

Ist dies Erdichten oder ist's Erleben?
O Gertrud, Gertrud, kannst du mir vergeben?

Gertrud.

Durch Arglist ließ dein Auge sich umfloren.

Fanny.

Er, der dein Bruder hieß ging dir verloren;
Was er erlog um deinen Geist zu morden
Ist alles grausig wahr an ihm geworden.
Doch Wahrheit sprach schon damals meine Angst
Als du mich werbend zum Entfliehen zwangst.

(Ihm einen Lorbeerkranz aufsetzend.)

Nun darf ich mehr als dir die Stirne schmücken
Mit diesem Kranz: ich darf an's Herz dich drücken,
Hier vor der Braut dich küssen, heiß und innig

(ihn umarmend und küssend)

Geliebter Arthur, deine Schwester bin ich.

Du stehst verwirrt. — Gedulde deine Fragen
Und laß mich erst des Stückes Schlußwort sagen:
(auf dem Piedestal während alle Uebrigen eine malerisch
geordnete Gruppe um sie bilden)
Pygmalion, zum Leben zu erwärmen
Das Bild von Stein, — der Wunsch war eitles
Schwärmen.
Die Liebste rückwärts mit der Göttin messen,
Die du geschaut indem sie dir gesessen,
Das hieß in blindem Wahn die Blume suchen
Und auf die Rose, weil sie mehr ist, fluchen.
Pygmalion, die Götter sind lebendig,
Denn kein Atom der Welt ist unverständig;
Doch alle Menschenkunst ist nur ein Sammeln
Auf ihrer Spur, ein ahnungsvolles Stammeln
Von der Gestalt, die solche Spuren trat,
Und immerdar bleibt auch die höchste That
Des besten Meisters eurer ganzen Gilde
Ein Kindergleichniß nur vom Gottesbilde.

Vom Verfasser des „Arthur Arden" ist in demselben Verlag erschienen:

Nibelunge.
Vierte Auflage. 2 Thlr.

Das Kunstgesetz Homer's und die Rapsodik.
18 Sgr.

Der epische Vers und sein Stabreim.
15 Sgr.

Durch's Ohr.
Lustspiel. Zweite Auflage. 18 Sgr.

Strophen und Stäbe.
Kleinere Dichtungen. 2 Thlr.